「充…ごめん、お前は怖いんだろうけど、
俺はすごく気持ちいい…」
腰にぎゅっと手を回し、大智が耳元で囁いて
甘く耳朶を噛んできた。
illustration
FUSANOSUKE INARIYA

火曜日の狂夢
Tuesday of fear

夜光花
HANA YAKOU presents

KAIOHSHA ガッシュ文庫

イラスト☆稲荷家房之介

CONTENTS

★本作品の内容はすべてフィクションです。
実在の人物・地名・団体・事件などとは一切関係ありません。

その日は荷物が多くて、とにかくとても急いでいた。だからあんなへまをしたのだ。

十月の第三火曜日の十二時三十分――刈谷充《かりやみつる》は両手にたくさんの荷物を抱えた状態で、廊《ろう》下《か》を全力疾走していた。ショッキングピンクの地色に星やハートマークががちゃがちゃした派手なパーカーに、ダメージジーンズという服装で、茶色い髪をなびかせて走る。広い音楽大学の磨き上げられた床を駆け抜け、大きく外に膨らみながら角を曲がった。曲がった瞬間に人影が見えたものの、すでに止められる速度ではなかった。

「どわっ！」

角を曲がろうとした相手ともろにぶつかり、充は持っていたバッグと紙袋をその場に放り投げた。かろうじて肩にかついでいたバイオリンケースだけは死守したが、つるつるの床に足を滑らせ、派手な音を立ててすっ転んだ。

「いってー…お前こんな展開、パンを銜《くわ》えた美少女しか許さねぇぞ！」

悪いのは廊下を全力で走っていた充なのだが、転んだ拍子に打った尻が痛くて、つい大声で怒鳴りつけてしまった。見ると充の前には黒いスーツ姿の三十代後半といった男が立っている。充に巻き込まれて体勢を崩したようで、その顔は呆気にとられていた。

「すみません」

抑揚《よくよう》のない声で男が謝り、じっと見つめてくる。相手が素直に謝ってきたので、充は冷静さをとり戻して吊り上げていた目を元に戻した。

「や、こちらこそすみません。ちょっと急いでたもので」

愛想のいい口調に直すと、充は急いで床に散らばった物を紙袋に詰め込んだ。紙袋にはジャグリングで使うボールや子ども用のおもちゃがたくさん入っていたので、あちこちに転がっている。ぶつかったスーツ姿の男は、床に散乱した物を一緒に拾ってくれるかと思いきや、何事もなかったかのように、すーっと行ってしまった。

（つっめてーの）

どこのどいつかと再確認しようとしたが、振り返ったとたん、そこにはもう誰もいない。充は目を丸くして周囲を見渡した。階段までは距離もあるし、どこかの教室のドアが開いた音もない。

（幽霊…？）

背筋をぞくっとしたものが走り、充は大急ぎで落ちた物を拾い集めた。そうだ、自分は急いでいたんだ。何しろ時間がない。

紙袋に落ちた物を詰め込み、再び急ぎ足で廊下を進んだ。三階の一番端にあるレッスン室のドアを開き、「遅くなって悪い！」と中に声をかける。ドアを開けると耳にバイオリンの音色が飛び込んできた。音は静かに止まり、弾いていた男がゆっくりと振り向く。

「遅い。…スーパー帰りの主婦か、お前は」

充の姿を見て柳眉《りゅうび》を潜《ひそ》め、南大智《みなみだいち》が吐き捨てた。すらりとした身長、一重の細目に銀縁メガネ、すっきりした鼻梁《びりょう》――にこりともしないその顔が、苛立ったように充を見る。充とは対照的な白い開襟《かいきん》シャツにジャケット、スラックスというきちんとした服装だ。

八畳ほどの室内にはグランドピアノと、バイオリン用の譜面台《ふめんだい》が置かれている。あとは長ソファがあるだけの簡単な部屋。三ヶ月ほど前から出身校であるこの大学の教師に頼み、月に何回か使わせてもらっている。

「しゃーないやん。こっちも時間がないんだから」

両手に抱えていた荷物を次々とソファに下ろし、充は言った。壁に沿って設置されたソファが充の荷物でいっぱいになる。黒いバッグに入っているのは楽譜やファイルの束、紙袋に入っているのはこの後に寄る児童養護施設で配るおもちゃだ。肩にかけていたバイオリンケースを下ろし、ようやく身軽になれた。こういう時に車があればと思うが、そんなぜいたくを言う金銭的余裕はない。

「この教室を借りられる時間は、あと一時間三十四分だ」

顰《しか》め面《つら》で大智に言われ、急いでバッグから楽譜をとりだす。大智が選んだ曲はヴォルフガング・アマデウス・モーツァルトのバイオリンソナタ第三十六番変ホ長調。モーツァルトが一七八一年の夏に作曲した作品だ。

「わーってるって。俺の練習はお前の気がすんだ後でいいよ」

充は楽譜を広げてピアノの前に座ると、指の運動をしながら大智を見上げた。調弦《ちょうげん》をしていた大智がこちらに顔を向ける。にかっと笑って指でハートマークを作り、ウインクをする。

「お待たせー。準備オッケイでぇーす」

充の合図に大智が嫌そうに顔を引き攣《つ》らせ、バイオリンを構えた。


充はこれでも一応プロの若手バイオリニストだ。今年二十五歳になった充は、学生時代留学先のドイツでいくつかのコンクールで入賞し、帰国してバイオリニストとしてデビューした。目が大きく年齢より若く見える充は、ベビーフェイスと揶揄《やゆ》されることが多く、ついているファンも圧倒的に女性が多い。音楽は荒削りで、辛口の評論家からは粗野とか洗練されていないとか突っ走りすぎとよく言われる。独創的な音色ゆえに熱狂的ファンも多いが、客を呼べるのは小ホール程度で、まだまだこれからという状況だ。

一方大智のほうは、同い年ながらオーケストラのコンマスを務める有望なバイオリニストだ。洗練されたその音色は耳の肥えた男性や年配からも支持され、若手の中では群を抜いて目立っている。スタイルもすらりとしていて気品があるし、何よりも礼儀正しいので、現場でも好感度が高い。

充と大智は同じ大学に通っていた。互いの音楽が対極にあるのを自覚した頃、大智に声をかけられて話すようになった。充に言わせれば、大智は礼儀正しいというより神経が細かい。やたらと口うるさいし、充がだらしない格好をしているとすぐ文句をつけてくる。他の者には黙っていることでも充相手だと口やかましくて辟易《へきえき》する。特に遅刻には非常に厳しく、時々ぐうの音も出なくなるほど苛《いじ》められる。決して相性がいいわけではないのだが、やはり音楽にかける情熱は同じくらい熱く、言いたいことを言い合える相手としてつき合いを続けている。

その充と大智に、演奏会の誘いが来たのは半年前だ。

上野にあるアルト公会堂というホールが、十二月に老朽化《ろうきゅうか》で壊されるので、最後に演奏会を開くという趣旨《しゅし》のものだった。アルト公会堂は昭和三十三年に建築されたモダンな音楽ホールで、充も何度か行ったことはあるが、趣《おもむき》があって好きな建物だ。当時にしては天井や壁、椅子《いす》など、ホール内の設備は音響を考えた造りになっていて素晴らしい。ホール自体はまだ使えそうなのだが、木造建築というのもあって、見た目では分からないほころびが出始めているらしい。

最後を飾る演奏会のメインの一人は、ドイツで活躍するバイオリニストの紀ノ川滋《きのかわしげる》だ。その紀ノ川が若手からも二人演奏させたいと言いだし、充と大智に白羽の矢が当たった。どういう理由で選別されたのか謎だが、こんなチャンスを逃す手はない。喜んで承諾した充に、大智から互いの演奏の間、片方がピアノで伴奏《ばんそう》をしないかという提案があった。前座扱いだとしても、それなりに客に喜んでもらいたいと思い、充は大智の誘いを受けた。

まさかその時は、これほど大変なことだとは思わなかったのだ。

「俺の息に合わせろと何度言ったら分かるんだ、お前は伴奏の意味が分かっているのか⁉」

弾いている途中で大智の怒鳴り声が飛んできて、充は肩をすぼめて口を尖らせた。

「うー…っ。のってきちゃうとさぁ…」

鍵盤《けんばん》においた指を動かし、充は楽譜をめくり直して大智を見た。

「もう一度最初から。自己主張するな、勝手に走るな」

目を吊り上げて大智が声を荒らげる。

充も大智も当然のようにピアノが弾ける。だから伴奏くらい軽いと思った。けれどももともと自己中心的な充の演奏は伴奏に向いておらず、大智に合わせて演奏しているつもりでも勝手に自分のリズムで弾き始めてしまう。何度怒鳴られたか数えきれない。相手の呼吸に合わせて弾くのは充にとってかなりの難関で、今日は三度目の合同練習なのだがすでに気分は下降していた。

再び演奏を始め、大智を気にしながら充は鍵盤を鳴らした。だが今度は気にしすぎていくつかミスってしまい、大智が怒りの形相で見据えてくる。

「なぁー。お前の伴奏、俺じゃないほうがよくない？」

弾きながら苛々《いらいら》している大智を見つめ、充は猫なで声を出した。大智とは昔からの知り合いだし、こんなに息が合わないとは思わなかった。大智のリズムがまったく分からない。入り方も終わり方も、ぜんぜん合わない。

「お前はこんな途中で投げだすのか、根性なしが！」

人前では物静かな大智は、充といる時はしょっちゅう声を荒らげている。今回は特にひどい。

在学していた大学に頼みレッスン室を借りているこの合同練習だが、回を重ねるごとに駄目になっている気さえする。やればやるほど頭がこんがらがる。

「もう残り三十分か…。交代しよう」

何度も繰り返し練習を重ねた後、大智が時計を見てハッとして弓を下ろした。充はほーっと息を吐き、楽譜をしまって自分のバイオリンをケースからとりだした。艶《つや》のあるバイオリンを歩きながら調弦し、大智が楽譜をとりだしてピアノの前の椅子に腰かけるのを待った。

「気分を切り替えよう」

顰め面の大智が自らそう告げ、譜面台の前に立った充を見上げる。

アイコンタクトで曲を始める。充が選んだ曲は、バイオリンソナタ第三十三番へ長調——モーツァルトが一七八一年の夏にウイーンで作曲した曲だ。第二楽章の掛け合いが好きでこの曲を選んだ。

ピアノの軽やかな音が鳴り響く中、充は心地よい空気に包まれて弦を鳴らした。曲が始まると、よほどのことがない限り充は大智を見ない。バイオリンを弾いている間は自分の世界に入り込んでしまうので、自由にさせてもらっている。

第一楽章、第二楽章、第三楽章まで一気に弾き終わり、充はほうっと息を吐きだした。

「なんかもう、完璧じゃね？　明日本番でもいいくらい」

——不思議なのだが、充が伴奏するとひどい有様なのだが、充がバイオリンを弾き、大智が伴奏するとこれ以上ないほどすばらしくぴたりと合う。それは二つの音が溶け合うように心地よく、充は大智に伴奏されると非常に気分がよくなる。

「お前、分かってるのか？　俺が合わせてやってるから完璧なんだぞ？　お前も俺と同じように俺に合わせろよ」

充がのほほんと言ったせいか、大智は再びイラついた顔になり楽譜を閉じた。もちろん分かっている。大智は協調性が高い。充の呼吸をすべて熟知し、ありとあらゆる局面で静かにそっと充を支えてくれる。大智がコンマスでなければ、充の専属伴奏者になってほしいくらいだ。

「わーってるって。大智ちゃんはぁ、器用だから俺みたいに好き勝手に弾いちゃう奴にも合わせてくれるんだよねー。自分、不器用ですからっ」

レッスン室を借りられる時間が残りわずかになり、充はバイオリンをケースにしまい始めた。

「不器用じゃないだろ。単に俺に合わせるのが嫌なだけだ」

じろりと大智に睨まれ、充は「なことねーって」とうそぶいた。建前だけでも否定しておかないと、大智のねちねちとした嫌味が続くことになる。他人に合わせるのがこんなに大変だとは知らなかった。軽い気持ちで引き受けたのを後悔している。

「……お前、電車で来たのか？」

再び大量の荷物を両肩に担ぐと、バイオリンケースとバッグ一つで来た大智が問いかけてくる。レッスン室のドアを閉め、充は大智と肩を並べて歩きだした。

「俺、車ねーもん。今日は養護施設に顔を出すから、荷物が多いんだわ」

充は時々馴染《なじ》みの養護施設に顔を出し、ピアノやバイオリンを弾いて子どもたちと遊んでいる。大智はそれを知っていて、何度か一緒に行ってくれたこともあるのだ。

「送ってやるよ。そんな大荷物じゃ大変だろ」

ポケットから車の鍵をとりだして大智が親切に言う。充は目を輝かせ、「やりぃ、サンキュー」と大智の背中をばしばしと叩いた。

「んもー、大智ちゃんてば俺のこと愛しちゃってるからなぁ！」

調子に乗ってそう続けると、大智が仏頂面になって乱暴な足どりになる。大智は怒った顔をしているが、かすかに耳朶が赤くなっているのが見えて、充は内心しまったと冷汗を掻《か》いた。行き過ぎると繊細な場所に触れてしまう。気をつけないと。

「次の練習には合わせられるようがんばるしさぁ。見捨てねーでけろ」

荷物を揺らしながら大智を追いかけ、情けない声を上げた。充のすがりつくような声に大智は表情を弛《ゆる》め、苦笑して速度を落とす。

「本当にいい加減少しは上達しろよ。もう来月本番なんだから」

大智の声につられて、廊下を歩いていた充は窓に目を向け真っ白な空を見た。十月もあと少しで終わり、もうすぐ十一月がやってくる。演奏会は十一月末だ。それまでにこの金をとるレベルにまでいっていない演奏をどうにかしなければ。

「来月レッスン室借りられるかな?」

「聞いておくよ」

充の問いかけに大智が頷《うなず》く。大智はこういう細々したセッティングをいつもやってくれる。大智といると楽でいい。

（ホントは大智の家でやれたら、もっと楽なんだけどなぁ）

肩からずり落ちてきたバッグを担ぎ直し、充はひそかにため息を吐いた。大智の住んでいるマンションは防音設備もしっかりしているし、広さも十分ある。グランドピアノだって置いてあるから、本当は練習は大智のマンションでやればいいのだ。けれど大智は二十二歳の頃に充を家に招いて以来、一度も家に上げてくれなくなった。今回も一緒に弾こうとは言うくせに、自分の家に来いとは言わない。わざわざ在学していた大学の教授に頼んで、レッスン室を借りている。

大智が自分を好きなのだと気づいたのは三年前だ。それまでも他人に比べ、ずいぶんと自分に気を許しているなというのは感じていた。決定的に分かったのは、音大の仲間同士で飲み会をした帰りだ。酔《よ》って大智の部屋に無理やり泊めてもらった夜、寝ている時にキスをされた。大智はまるで中学生みたいに充に触れたとたん、部屋を飛びだしてしばらく帰ってこなかった。翌日は明らかに罪悪感に苦しんでいる様子でこちらを見るし、その後もひどく悩んでいたようだ。対応に困った充は知らないふりをすることで、現状維持している。

「明日は顔合わせだな、ちょっと…いや、かなり楽しみだ」

校舎を出て駐車場のある敷地に向かいながら大智が呟く。明日は出演者の初顔合わせだ。進行の打ち合わせもあるし、充も期待している。紀ノ川に会えるのもそうだが、もう一人のメイン奏者である新城和成《しんじょうかずなり》に会えるからだ。

新城和成は十代の頃第一線で活躍していた天才と謳《うた》われたバイオリニストだ。二十歳の時に事故に遭い、再起不能と言われ、しばらく名前を見なくなった。しかしその後リハビリを続けていたらしく、二十九歳の時に再びCDを出し、奇跡の復活を成し遂げた。充も買ったが、身体が震えるほど素晴らしい一枚だった。新城はその後再手術を受け、腕の調子はかなり良くなっていると聞く。その新城が、演奏会でトリを務める。事故後、人前で弾くのは初めてだ。紀ノ川と新城という二人の奏者の出演でチケットは瞬殺だったそうだ。新城は今年三十二歳。まだまだこれからだ。

「なぁ、お前事故に遭って腕駄目にしたら、どーする？」

ふと気になって充が聞くと、大智は真剣な顔でうつむき、首を振った。

「…分からないな。治る見込みがあるならリハビリするかもしれないが…、新城さんみたいに十年以上は待てないと思う…」

「だよなぁ…。見込みもなかったのにすげーな…。俺も無理かも」

しみじみとした口調で互いに語り合う。新城のすごいところは諦めずに音楽を続けてきたことだ。事故で左腕の神経を駄目にした新城は、バイオリンを教える仕事や作曲活動をしていたと聞く。音楽にとり憑《つ》かれた者は、たとえ死にかけてもそこから離れられないという。自分はどうだろうと考えた時、もちろん今はバイオリンを愛していると言えるが、そこまでの深い愛情を持っているかどうかは自信がない。

「意外だな、お前は新城さんみたいにどんなになっても続けるかと思っていたよ」

目を丸くして大智が充を見つめる。そんなふうに見られていたとは知らなかった。

音楽は充にとって生きる手段だ。生きる糧《かて》ではない。

「しっかし、なんで俺たちに誘いが来たのかね？」

改めて依頼が来た理由が謎に思えて充は首をかしげた。アルト公会堂の最後を飾るなら、紀ノ川と新城だけで十分な気がするのだが。

「本当にな。まぁ二人の演奏を間近で聴けるんだ。ラッキーってことでいいんじゃないか？」

大智がリモコンで車の鍵を操作する。大智の車は青のシボレーだ。助手席に乗り込み、充は重い荷物を下ろした。充も大智も紀ノ川や新城と面識がない。紀ノ川はドイツを拠点としているし、新城に至っては第一線を退いていた。最初はオケ繋がりで大智が知り合いなのかと思ったが、聞いてみるとまったく知らないという。

明日はその理由が聞けるだろうか。

シートベルトを締め、充は車が動きだすのを待った。大智が周囲を確認しながら車をゆっくりと走らせる。大智の運転はいつも安全でスムーズだ。充も免許は持っているのだが、荒っぽいと文句を言われる乱暴な運転だ。車を維持する金もないし、もっぱら電車を利用している。プロになったとはいえ、充の生活は貧乏だった学生時代と変わり映えしない。

「そういやアルト公会堂って、楽屋と控え室が火事で焼けたらしい。老朽化って言ってるけど、建物を壊すのはそういう理由もあったのかな」

大通りを運転しながら大智が思い出したように言う。

「火事って何？　そんな話聞いてなかったけど」

驚いて運転席を見ると、大智はちらりとこちらに目を向ける。

「俺もくわしくは知らないけど、木造建築だから一気に燃え広がって大変だったそうだ」

「へー。楽屋だけ改築すりゃいいのにな。せっかく古くてかっこいい建物なのにさ」

「まぁ明治や大正っていうなら重要文化財になったかもしれないけど、昭和三十年代じゃな。でも新しいホールを建てるらしいよ。オープニングセレモニーに呼ばれるといいな」

大智に教えられ、充はふーんと相槌《あいづち》を打った。昭和三十年代というだけでも若い充からすれば大昔に感じられるが、そんなものなのか。

「そういや明日さ…」

交差点に差し掛かった時だ。充は明日の待ち合わせ時間を再確認しようとして運転席を振り返った。

視界に黒っぽい大きなダンプカーがすごい勢いで走ってくるのが見えた。信号は青で、大智はそのまま交差点をまっすぐ進もうとしていた。

あれ、これなんかやばくね？

赤信号で停まらなければならないはずのダンプカーの速度が、まったく弛まない。

――そこから先はスローモーションのように時間が過ぎ去った。

大智が何か叫びながらハンドルを切る。あっという間にダンプカーの鼻先が目の前に飛び込む。大きな衝撃。急ブレーキをかける音と、激しく何かがぶつかる音。大智の声。揺れるお守り。車のフロント部分が見えなくなる。強烈な痛みを覚え、充は叫んだ。あまりに突然すぎて何も分からなかった。

薄れゆく意識の中、ひしゃげた車内で大智の身体から流れ出る血を見ていた。とても現実のこととは思えなくて、充は頭が真っ白になった。

意識が途切れる瞬間、確かに誰かの舌打ちを聞いた。

失敗した、と。


ハッとして目を開けた瞬間、見覚えのある景色が充の視界に入ってきた。

自分が立っていると思わなかったので、思わず体勢をぐらつかせて前のめりになる。一瞬自分がどこにいるのか理解できなかった。足を踏ん張り、きょろきょろと周囲を見渡す。

音楽大学の廊下に立っていた。ずしりと両肩に重みを感じて、肩にかけていた荷物を落としそうになる。紙袋の中身が揺れて、中に詰め込まれていたおもちゃが、がさっと音を立てた。きらりと光った物があって、充はいぶかしんだ。何か光るおもちゃでも入れていただろうか？

「あれ…？」

頭が追いつかなくて、充はその場にしゃがみ込んだ。

今、大智の車に乗っている途中で、ダンプカーに衝突したはずなのだが――。

「夢…？　こんな廊下の途中で白昼夢《はくちゅうむ》？」

混乱して充は自分の身体を確認した。どこにも怪我した場所などない。声も出るし耳も聞こえる。じゃあ一体さっきの事故はなんだ？　頭が混乱して髪を掻きむしった。時計を見ると十二時三十分。この手に抱えている荷物といい、時間帯といい、ひょっとして自分は歩きながら夢でも見たのか。

頭は真っ白なままだが、廊下から窓の外を見ると、秋空が広がっている。充ははてなマークを乱発しながら、廊下をまっすぐ進んだ。そういえば急いで走っていて誰かとぶつかった。角を曲がっても誰もいない。どうなっているのだろう。

（やっべー、俺頭おかしくなっちゃったかな。歩きながら夢とか見るし。でも夢だったんだーよかったー。事故るとかマジ勘弁）

レッスン室のドアを開けると、中からバイオリンの音色が響いてくる。

「遅い。…スーパー帰りの主婦か、お前は」

動かしていた弓を止めて、振り返った大智が怒った声で告げる。どきりとして充はその場に立ちすくみ、譜面台の前に立っている大智を凝視した。このセリフ、聞いたことがある。あの時もドアを開けたら大智が同じ言葉を吐いた。

けれど無事な大智を見たら心底ホッとした。やはりあれは夢だったのだ。よりによって事故を起こす夢を見るなんて幸先が悪い。

「どうしたんだ？　遅れたくせに何ぼーっと立ってる」

凍りついたままの充をいぶかしんで大智が顎《あご》をしゃくる。ようやく充はぎこちなく動きだし、長ソファに抱えていた荷物を下ろした。

（俺、ひょっとして予知夢…とか見たのかな）

あのダンプカーとの接触はとてもリアルだったが、こうして大智は生きているし、自分もぴんぴんしている。嫌な夢だったが、夢なら忘れればいい。予知夢かもしれないから、気をつけろと神様が言っているのかも。なんにせよ、もう忘れよう。

時計を確認して今日の日付を確かめると、やっと重い気分から逃れられて充は両肩を振り回した。バッグから楽譜をとりだし、ピアノの前に急ぐ。

「なんだ、今日はやけに静かだな。何かあったのか？」

入ってきた時から無言の充が気になったのか、大智が心配そうに覗き込んできた。

「や、いやーなんでもねぇわ。遅くなってマジ悪ぃ。やろうぜ、練習」

わざとらしいほど明るい笑顔を作って、充は楽譜を開いた。それにしても変な夢を見た。大智と一緒に事故に遭う夢なんて、悪夢にしても笑えない。

呼吸を合わせてピアノを弾き始め、弦を鳴らす大智を見つめる。楽譜も鍵盤も見ずに弾いていたせいか、思ったよりも大智に合わせることができた。時々大智がちらりとこちらを見て、かすかに笑みを浮かべる。

「――――どうしたんだ、今日は。前回はあんなにひどかったのに、けっこう合ってきたじゃないか。ずーっと俺を見てたせいで、ミスは多かったけど」

途中何度か修正を加えつつ、第三楽章までを弾き終えると、大智が嬉しそうな顔でバイオリンを下ろし、近づいてきた。さすがに大智だけ見ていれば、呼吸やタイミングを合わせることは出来るようになっていた。

「交代しよう」

機嫌の良い顔つきで大智がバイオリンをケースにしまう。充は時計を見上げながら楽譜を閉じて支度を始めた。このレッスン室を借りられる時間はあと四十五分。時間が結構あることに安堵して、充は自分のバイオリンをとりだした。

調弦して、今度は自分の弾く曲を始める。ピアノの前に座った大智は軽やかな旋律をいとも軽く弾いていく。室内に明るい音楽があふれ、充は第一楽章から第三楽章までを一気に弾き終えた。

「なんかもう、完璧じゃね？　明日本番でもいいくらい」

ついぽろりと言葉が漏れて、ぎくりとした。この台詞は自分が前も言ったものだ。充のそんな動揺には気づかず、大智は楽譜をめくりながら呆れた目つきになる。

「お前、分かってるのか？　俺が合わせてやってるから完璧なんだぞ？　お前も俺と同じように完璧に俺に合わせろよ」

聞き覚えのある言葉が大智の口から漏れて、胸がざわついた。どうしてこうも同じセリフが互いの口から出てくるのか。――ひょっとしてあれは本当に予知夢だったのだろうか？　だとしたら、この後、自分と大智は事故に遭う？

嫌な予感が頭から抜けなくて、充は不安を感じて窓の外へ視線を向けた。あの夢の中も、こんなふうに真っ白な秋空だった。少しずつ紅葉していく木々。鳥の甲高い鳴き声。

「お前、電車で来たのか？　その荷物じゃ大変だろ。送ってやるよ」

レッスン室を使える時間が終わり、身支度を整えながら大智が言ってくる。充ははじけたように顔を上げ、険しい表情で首を振った。

「いや、いい。俺、今日は電車で行く」

あれが予知夢だとしたら、この後一緒に車に乗ったら事故に遭ってしまう。充はバイオリンを抱えたまま、真剣な表情で大智に迫った。

「お前も、今日は車よせよ。事故に遭ったら大変だろ？　な、悪いこと言わないから今日は車やめろ。それか時間ずらせ」

「は？」

突然訳の分からないことをまくしたてたせいか、大智がきょとんとした顔になる。たかが悪夢だとしても大智と事故に遭ったとは言いたくなくて、充は言葉を探しながら説得を続けた。

「マジでさ、なんか今日すげー嫌な予感がする。俺の勘、けっこう当たるんだぜ。だからすぐ車出すなよ、山科《やましな》さんとこでも顔だしてまったりしてから帰れ」

「なんだよ、どうした？　そんなふうに言われると気になるだろ。事故とか不気味だな…」

充が事故、事故、と連発したせいか、大智が薄気味悪そうに眉を顰める。けれどその甲斐もあって、もともと神経質なところがあった大智は恩師である山科と会ってから帰ると言ってくれた。これで安心だ。ホッとして充は帰り支度をして、一緒に廊下の途中まで大智と歩いた。

車にさえ乗らなければ、事故は防げるはずだ。

「明日の待ち合わせ何時だっけ？　アルト公会堂前だよな」

別れ際に確認すると、大智が手帳をとりだして「明日の十五時だ」と教えてくれる。山科に順調だと伝えておくよと大智が言い、エントランスで別れた。少し気になって大智の背中を見送る。充が動かなかったせいか、しばらく歩きだしたところで大智が振り返り不思議そうな顔つきになった。充はもう一度手を振り、自分も校舎を出た。

重い荷物を抱えたまま門を出て、駅までの道を歩いた。あれが予知夢だとしたら、どうしてそんな夢を見たのだろう？　充には実の両親がいない。生きているのか死んでいるのかも分からない。充は三歳の頃迷子になったところを保護され、その後両親が見つからず養護施設に送られた。引きとってくれた義理の両親はいるが、園長先生は充のことをすごく可愛がってくれて、病気で三年前に亡くなった時も最後まで充を心配していた。もしかしたら園長先生が心配して充に危険を教えてくれたのかもしれない。

埒《らち》もないことを考えつつ、充は歩道を歩いた。白く広がる空は寒々として、充の心に影を差す。駅までは少し距離があり、荷物が多かったのもあって、歩くとじんわりと汗ばんできた。道の途中で重い紙袋を一度下ろし、反対の手で持とうとした。

――その時だ。

激しいクラクションの音が聞こえたと思う間もなく、国道を走っていた車が狂ったように歩道に突っ込んできた。振り返る暇もなかった。気づいたら目の前に赤い車体が飛び込み、充の身体は空高く飛ばされていた。

何が起こったか分からなかった。バウンドするように道路に投げだされ、充は地面に横たわった。持っていた荷物があちこちに散乱している。大切なバイオリンがケースごと遠くへ行ってしまった。バイオリンに傷はついていないだろうか。そんなことを一瞬心配した直後、全身を切り裂かれるような激痛に襲《おそ》われる。

充は叫びたかった。けれど声は口から漏《も》れることはなかった。呻《うめ》き声すら上げられないくらいの衝撃が充を包んでいた。指を動かしたはずが、まったく感覚がない。

(どうして?)

最期《さいご》に浮かんだのはひたすらその問いだった。充は薄れゆく意識の中、何度も繰り返しそう呟いた。

雲間から光が差し込むように、充は自分の感覚をとり戻した。

ぱっと目を開けたとたん、長い廊下が目に入った。とっさに窓を振り返り、白一色の空を凝視する。全身から力が抜け、充は持っていたバッグや紙袋を床に落とした。震える手で自分の顔や身体を撫でまわした。どこにも怪我《けが》はない。咽《のど》に手を当て「あー」と言うと、ふつうに声が出てくる。

　こめかみを冷や汗が流れ落ちた。一体どうなっているのだ？　充は腕時計を見て、今が火曜日の十二時三十分であると確認した。

　確かに今、車に轢《ひ》かれた気がするのだが、充は毛ほども傷を負っていない。まさか自分は頭がおかしくなってしまったのだろうか？　混乱して充は髪を掻きむしると、壁によりかかった。

（落ち着け、落ち着け…。なんかおかしい、なんか変だ）

　脈拍を確かめ、ガラス窓に映る自分の顔を見る。いつもと変わり映えしない顔がそこにある。ふだんは明るく笑ってばかりいる自分が、今日ばかりは険しい表情だ。思い悩んだ末に、充は携帯電話をとりだし大智にかけた。すぐに大智が出て『充か？』と低く落ち着いた声が聞こえる。

「悪ぃ…すげぇ具合悪くなったから、今日の練習なしにしてくれ。無事だったら明日連絡するから」

　充が押し殺した声で告げると、大智が驚いたように『どうした？』と声を潜める。めったにない充の弱々しい声に、大智は不安に駆られたようだ。

「ごめん…、ともかく明日連絡するよ」

　大智に説明するのが困難だったので、充は口早に言って電話を切った。レッスン室に背中を向けて、荷物を抱えて校舎を飛び出る。予知夢だと思い大智を案じていたが、もはや問題は自分にあるのだと理解できた。充は青ざめて通りに出るとタクシーを捕まえた。ちょうど一台のタクシーが充の目の前で停まり、後部席に乗り込む。

充は自分のマンションの場所を指示し、安全運転で行くよう頼んだ。年配の運転手は不思議そうな顔で頷き、静かに車を走らせる。シートベルトを締めながら、充は落ち着かずそわそわとした。今日はもう日が悪い。本当はこの後養護施設に寄るつもりだったが、とても行く気になれなくなった。二度も車の事故で息絶える瞬間を味わったのだ。これ以上何か起こる前に自宅に戻り、平穏をとり戻したかった。

（これは夢なのか？　それとも現実なのか？）

ガラス越しに行き交う車を凝視し、充は軽い頭痛を覚えた。速度の速い車が通り過ぎるたび、びくっと震えて身体を強張らせる。

タクシーが右折した拍子に、紙袋が倒れ、おもちゃがシートに転がり出る。詰め込みすぎたせいだ。充は紙袋を起こし、こぼれたおもちゃを中に入れた。ちかちかと光るものが中に入っている。気になってとりだすと、ゴルフボールくらいのメタリックの球だ。こんなおもちゃを買っただろうか？　充は首をかしげ、球体を手にとってぐるぐるまわした。やけに軽いが、これはなんのおもちゃだろう。ボールにしては小さいし、綺麗に加工されたメタリックのフォルムが、精密な機械を思わせる。けれどどこに触れても反応しないし、ただのメッキのボールみたいだ。

充は無意識のうちに、それをポケットにしまい込んだ。シートにもたれてふと前を見た瞬間、充は青ざめた。大智の車に乗って事故を起こした交差点が目の前にある。

「運転手さん、停めて下さい！　ここで！」

充は反射的に身を乗りだして叫んでいた。タクシーの運転手は驚いた様子ながらブレーキを踏み、道の途中で停止する。その直後、交差点にすごい勢いでダンプカーが突っ込んできた。幸い進行方向に車がなかったこともあり、ダンプカーは蛇行《だこう》しながら元の道へ戻っていく。

「なんだ、あれ。危ないなぁ」

タクシーの運転手も焦った声で呟いている。フロント越しにダンプカーを見ていた充は冷や汗を垂らし、身を震わせた。このまま走っていたら、またあのダンプカーに跳ね飛ばされていたのだろうか。

動揺しながら乗車賃を払い、充は車から降りた。ちょうどバス停が近くにあり、周囲に気を配りつつバスを待った。

五分ほど待った頃、バスがやってきて、充は重い荷物を抱えて乗り込んだ。車内は空いていて、後部席に母子がいるだけだ。充は前のほうの席に座り、荷物を膝に抱えた。

最初からバスを使えばよかった。このまま隣駅まで行き、電車で家に戻ろう。

シートにもたれてやっと一心地つく。

家に着いたら大智に連絡を入れよう。今日は貴重な練習日だったのに、すっぽかしてしまって悪かった。デビューしてもバイトをしながらでないと食いつなげない自分と違い、オケの仕事もある大智は忙しい身だ。

定刻通りにバスが駅につくと、安堵感と共に大智との練習をさぼったことが大きな後悔となってきた。さすがに今日は戻る気になれないが、この奇妙な状況から抜けだせたら謝りにいこう。

充はバスを降りて、駅の構内へ進んだ。財布に入れた乗車カードで改札をくぐり、二番線のホームへ降りる。まだ時間が早いというのもあって、構内はまったりしていた。人のざわめきに強張っていた身体もほぐれていく。さすがにこんな場所に車は飛び込んでこないだろう。

電車がホームに入ってくるアナウンスが流れ、充は白線の内側に立った。ゆっくりと滑るように電車が構内に入り、静かに停車する。

開いた扉から中に入り、空いた席に腰かけた。

充のマンションはここから七つ目の駅だ。ドアが閉まり、再び電車が動きだす。充は向かいの窓越しに見える景色をぼんやりと眺め、しだいに落ち着かなくなってきた。

気のせいか、電車の速度がいつもより速い。カーブになると立っている人が大きく揺れるほどで、どんどん速度が増していく。

「なんか今日の運転、乱暴だな」

吊革につかまっている人たちがざわめきと共に呟いている。気になって充は後ろを振り返った。速度は異様に速いが、電車だから大丈夫だろう。そんな根拠のない思いを抱いた時だ。窓ガラス越しに踏切が見えた。踏切に向かって猛スピードで走ってくる車がある。

（まさか…嘘だろ？）

電車は速度を上げて走っている。遮断機《しゃだんき》が下りて、踏切をもうすぐ通り過ぎる。車の速度は弛まない。遮断機が目の前にあるというのに、車は停止するそぶりを見せずに走っている。

「え…っ?」

「きゃ…、やだ」

「危ない!」

踏切近くになった時点で、車内の客が騒然とし始めた。それも束の間、充は、車が目の前に飛び込んでくるのを目にした。走り過ぎようとする電車の、ちょうど充が乗っている車両目がけて。

(嘘だ、嘘だ、嘘だ…)

とっさに逃げようとしたが、身動きすらとれなかった。窓を破って鋼鉄の塊が車両に突っ込んでくる。車輪が脱線して、人々の悲鳴が車内を満たす。車内に立っていた人々が、いっせいに崩れて反対の壁際まで流れていくのが見えた。充もシートから投げだされ、何か硬い物で頭を強烈に打った。切り裂くような人々の悲鳴。冷たい床に頬がついていて、充は起き上がろうとした。けれど頭がぐらぐらして意識が朦朧《もうろう》とする。痛い。気持ち悪い。身体が動かない。

床に散らばった自分の荷物を眺め、充はブラックアウトした。

目を開けた瞬間、あの廊下にいた。

充は凍りついたように動かなくなり、長い間その場に突っ立っていた。とても動く気になれなかった。

あれから何度死を体験しただろう。どんなに時間を変えても、移動手段を変えても、結局また充は死んでしまう。車の事故で死なない時は、暴漢に襲われたり、ホームに入ってきた電車に突き飛ばされたりした。これは本当に夢なのだろうか？　現実なのだろうか？　もしかしたら自分はとっくに死んでいて、死を自覚しないまま何度も業火《ごうか》に見舞われているのではないか。

繰り返しこの廊下に戻されて、ほとほと動くのが嫌になった。どうしてこんな苦しみを味わなければならないのか。どうすればこの狂った世界から抜けだせるのか。じっと立ち尽くしていると、携帯電話が鳴りだす。のろのろと出ると、大智からで『遅いぞ、何してるんだ』という叱責《しっせき》だった。充はようやく我に返り、今から行くと告げて歩きだした。

足どりは重かった。どうせまた死ぬのだろうと思うと気分が腐った。一度は音大から出るのをやめて、食堂で時間を潰していたこともある。その時は浮浪者が食堂に入り込んできて、ナイフで充を刺していった。自動車事故も嫌だが、刺されて死ぬのは本当につらい。

「遅い。…スーパー帰りの主婦か、お前は」

レッスン室に入ってきた充を見て、大智が目を吊り上げて怒る。

「……」

充は黙って荷物を置くと、楽譜をバッグからとりだしてピアノに向かった。同じ時間を繰り返すことに飽いて、もうしゃべるのも億劫《おっくう》になっていた。そんな充の態度は変に映ったのか、大智が眉を顰める。

「おい、充？　どうかしたか？　顔色悪いぞ。お前」

「うるせぇな、どうでもいいだろ」

苛立ちが募って、充は乱暴に言い放った。何をどう言おうとこの時間だって消えていくのだ。次はどんな死に方をするのか。考えられる限りのことをやったつもりだ。自分はまるで壊れたCDみたいに同じ箇所で延々と同じ音を繰り返している。

「どうでもいいって…、遅れてきたくせに謝りもしないで」

大智がムッとして文句を言い始める。充はキッと眦《まなじり》を上げて、楽譜を広げた。充のどこか投げやりな態度に大智は不可解な顔をしたが、仕方なさそうに弓を構えた。

最初だけ大智を見て、曲を始めた。あとは何度も繰り返したことなので、見ないでも大智に合わせることができるようになっていた。腐りかけていても、音楽に触れている時だけは心が穏やかになる。ピアノとバイオリンのどちらかを選べと言われた時、バイオリンを選んだ理由の一つに、持ち運びができるというのがあった。ピアノは重いから選ばなかったが、鍵盤を鳴らすのは楽しい。このレッスン室のピアノは調律も完璧で、音が軽やかだ。

「……どうしたんだ、充。すごく合ってる。前回はあんなにひどかったのに」

第三楽章まで弾き終えて、大智が驚いたように感嘆した。

「そりゃ何度も繰り返し弾いてるからな」

吐き捨てるように充が言うと、大智が急に心配そうに顔を覗き込んできた。

「どうしたんだ、本当にお前。いつも無駄に明るいくせに、今日はずっと変だぞ。苛々してるし顔は強張ってるし、何かあったのか?」

気になった様子で聞かれ、大智はつくづく人がいいと思った。充がこんなふうに口調や態度が乱暴でも、怒るどころか案じてくれる。この男は神経が細かい分、いつもささいなことで怒るが、いざという時には真っ先に充を心配する。大智にこの異様な状況を語ってみようかと考えてみたが、どうせまた死ぬのなら何もかもが面倒だ。いつまでこの状況を繰り返すのか知らないが、いっそ本当に死んでしまえばいいとすら思う。

「なんでもねぇよ…」

重いため息を吐いて、充は楽譜を閉じて自分のバイオリンをソファにとりにいった。ケースに触れた時だ——そういえば、一つだけまだやってないことがあると気づいた。

充はバイオリンケースを抱え、そのまま窓際に向かった。

いぶかしむように大智が充を見る。充は窓を全開して、窓枠に腰を下ろした。レッスン室は四階で、窓の傍には銀杏《いちょう》の木が生えている。

「おい…危ないぞ」

バイオリンを抱えたまま窓枠に腰を下ろした充を見て、大智が不安そうな顔になる。充の異常な雰囲気を感じとったのか、刺激しないようにゆっくりと近づいてきた。その真剣な表情を見ていたら、急に今まで黙っていたことをぶちまける気になった。

「大智さぁ――俺のこと好きだろ」

揶揄するように言いだすと、大智がぎくりとした様子で立ち止まり、充を凝視する。その顔が一瞬にして強張り青ざめるのを見て、充はつい笑いだしてしまった。

「お前、気持ち隠すの下手なんだよ。滲《にじ》みでてるって。ばればれなんだよ」

大智が凍りついたのを見て充は乾いた笑いを漏らした。充みたいに図太い人間と違い、大智は小さなことでも気に病む。だから充は大智の気持ちに気づかないふりを続けていた。友人関係をやめたくないと思うぐらいには、大智のことを気に入っていた。自分みたいにいい加減な相手にしたキス一つで、悩み苦しむ男だ。自分が知らないフリさえすれば、このまま友情は続いていくと思っていた。

何故急にこんなことを言う気になったのか。――何度も死ぬ目に遭って、ヒステリックな気分になっているのかもしれない。大智を傷つけることで、自分と同じような痛みを少しでも分かち合わせたかったのか。

充は自嘲気味に笑い、窓枠に手をかけた。

「ホント男の趣味悪ぃな…」

そう呟き、充は後ろへ体重を移動した。このまま窓から落ちるつもりだったのだ。どうせ何度も死ぬ羽目になるなら、一度くらい自分で死を選んでやる。やけくそになって思いついたその案は、思いがけない邪魔が入った。

「ば、馬鹿野郎！　何してるんだよ!?」

バイオリンごと飛び降りるはずが、すんでのところで大智が駆け寄ってきて、充の足を掴んだのだ。蒼白になった大智は怒鳴りながら充を助けようとした。充は呆気にとられ、体勢をぐらつかせた。ほとんど落ちかけていたところだったので、大智の上半身が窓枠に折り曲げられる。

「馬鹿はどっちだ！　いいから離せって！　お前は死ぬ必要ないんだから!!」

このままでは大智まで巻き込んでしまいそうで、充は焦って暴れた。両腕で必死に充の膝を掴んでいた大智は、懸命に充を引き上げようとしている。まさかこんな場所で宙ぶらりんになるとは思わなかったから、今さら恐怖に襲われた。一気に落ちれば怖くないと思ったのに、変な状態で停止しているせいで血の気が引く。

「離すわけないだろ！」

むきになった様子で充の身体を引っ張り、大智が叫ぶ。一瞬だけ恐怖を忘れ、感動してしまった。こいつ、マジで俺のこと好きなんだな。のんきにそんなことまで考えたほどだ。けれどそれもわずかな間だけだった。充の身体を支えきれない大智が、引きずり込まれるように体勢をぐらつかせる。大智を落とさないために足をばたつかせると、逆に大智は前のめりになって充のほうに飛び込んできた。

均衡していた力が崩れた。大智は手を離すよりも、充と一緒に落ちるのを望んだ。声を出す余裕もなく落下していき、充は地面に激突するのを覚悟した。意識が遠のいていく。

（あ、あ、あ…）

不思議なことに時間がやけにゆっくりと感じられた。四階の窓から地面に落ちるまでの時間なんてほんの数秒だろうに。

「うわ…っ‼」

まだかまだかと思っていた矢先、恐れていた衝撃が身体に感じられた。最初に尻から落ちたようで、身体が跳ね上がった。飛び降り自殺をする人間はたいてい頭から落ちていたような、と思ったのも束の間、地面が斜めになっていてそのまま反動で転がった。大智も一緒に落ちたせいで、絡まり合うように坂を回転して落ちていく。

「わ…っ、ぎゃ…っ」

スピードが緩まらず、土の上をごろごろと下降して、ようやく平らになったところで止まった。頭がぐらぐらしている。背中が痛い。——けれど生きている。

充はふらつきながら重い頭を起こし、身体や髪にまとわりついた砂や葉っぱを振り払った。

「いってぇ…、つー…。おい、大智…、無事か⁉」

身体の痛みに呻きつつ充は上半身を起こして、少し先で仰向けになって転がっている大智に這って近づいた。落ちた場所が雑草が生い茂る場所だったせいか、大智は泥だらけだ。眼を閉じて倒れたままの大智に近づき、脈拍を確かめる。生きている。安堵して充は大智の頬を軽く叩いた。

「大智、しっかりしろ！　大智！」

遠くからカラスの声が聞こえてきて、充はその違和感に気づいた。ハッとして周囲を見渡し、ここがあの廊下ではないことに目を瞠《みは》った。どこかの原っぱにいる。草木がぼうぼうに生い茂った整地されていない土地だ。どうしてレッスン室から落ちてこんな野原にいるのか分からないが、大切なことが一つある——死の輪廻《りんね》から抜けだせた。

「や…、やったあああ！」

身体の痛みも忘れ、充は大声で叫んで飛び上がった。とうとう変な法則から逃れられた。充は生きているし、時間も十二時ではない。充は奇声を上げて飛び跳ねた。充の歓声に倒れていた大智が呻き声を上げながら起き上がった。

「いて…、つ…、充、お前…っ」

顔を歪めて充に詰め寄ろうとした大智に、嬉しさのあまり飛びついてきつく抱きしめた。ギョッとした様子で大智が固まり、言葉を失う。抱きついた状態で何度も大智の背中を叩いた。大智は眼鏡がどこかに飛んでいったみたいで、すっきりした面をしている。

「大智！　すげぇよ、お前！　お前のおかげだ、きっと！　マジでサンキューな！　やっと俺死ななくなった！」

大智には訳の分からない言葉をまくしたて、充は大智の両手を握ってぶんぶんと振り回した。充のおかしな様子に呆気にとられていた大智は、痛みに顔を顰めながら、周囲を見渡した。大智の眼鏡は一メートル先に転がっている。大智は眼鏡をとり、ハンカチでレンズを拭いてからおもむろにかけて、周囲を見渡す。

「何を言っているか分からないけど…、どうして俺たちはこんなところにいるんだ？　音大じゃないぞ…」

大智に言われて改めて充も辺りを見た。

なんだかすごく違和感のある風景だった。視界に入る建物が、とても横長なのだ。音大の近くにある周囲の土地はどこもきれいに整地されていて、ここはまったく違うし、少し辺りを見渡せばビルやタワーが目に入る。ところがここには高い建物はぜんぜんない。それどころかすごい田舎に来てしまったみたいだ。

「ここ……どこだ？」

呆然として充は大智と顔を見合わせた。見覚えのない土地、見覚えのない風景、それにすごく不思議な光景――赤とんぼが群生している。

「すげぇ、異常発生？　こんなに赤とんぼがいるなんて、どうした？」

手で捕まえられそうなくらい赤とんぼが周囲を蠢《うごめ》いている。何がどうなっているかよく分からなくて充は大智と無言で見つめ合い、不可解な状況に戸惑った。

ともかくこうしていてもしょうがないということで、充と大智は互いに怪我をしていないか確認してから周囲を散策した。ススキの穂に隠れるように充のバイオリンが落ちている。慌てて中を調べたが、幸い傷も壊れた箇所もなく無事だった。充にとって命の次に大切な楽器だ。

自殺を図った時でさえ、こいつとは離れられないと思ったくらいなのだから。

「そもそもなんで、死のうとしたんだ」

泥がこびりついた頬をハンカチで拭き、大智が尖った声で問い詰めてきた。

「話せば長いことながらさぁ…」

同じ時間を繰り返す悪夢から解放されたのもあって、充はこれまでに何度も死を経験したことを話した。大智は最初は夢でも見たのだろうととり合わなかったが、じゃあ何故窓から落ちたのに二人ともこんなところにいるんだと言い返すと黙り込んだ。

「ここ…本当にどこなんだろうな」

シャツについた草の切れ端を払いのけると、大智が神経質になった様子で呟いた。少し歩きだすと公園らしき場所に出た。なんだかずいぶん田舎のようだ。地面は土で、アスファルトが見当たらない。

大智ときょろきょろしながら進んでいると、向こうから少年が二人駆けてきた。チェックのシャツを着た、年の頃は小学生くらいだろうか？　笑いながら駆けている途中で充と大智に気づき、急ブレーキをかけて止まった。

二人のいがぐり頭の少年が充を凝視する。

「ちんどん屋！」

「ちんどん屋‼」

二人に口々に同じことを言われ、充は顔を引き攣らせて身を引いた。ちんどん屋と言われるなんて。それほど変な格好をしているつもりはなかったが、少年たちは奇異な物を見る目で充を見ている。

「あのさぁ、君たち…」

一言文句を言おうかと思ったとたん、少年二人はわーっと奇声を発して逃げてしまった。追いかけるのも困難なほどの速さに充は呆然とし、大智を振り返った。大智は少年に馬鹿にされた充を見て笑いをこらえている。

「俺、そんな変か？　別に普通だよな？」

ショッキングピンクのパーカーは派手かもしれないが、道を歩いていても服装で視線を集めるほどでもない。

「俺はお前の服装の趣味は理解できない。それより、町…みたいだけど…」

公園を出ると、徐々に民家や店が見え始めた。ずいぶんとごみごみした町並みだった。路地裏は狭く、長屋づくりの建物が多い。豆腐屋が鳴らす懐かしい音や、秋刀魚《さんま》の焼ける匂いが鼻《び》孔《こう》をくすぐる。大智が言葉を濁したのは、理由があった。どうも町並みが、見慣れないというか「古い」感じがするのだ。大きなビルもないし、せいぜい二階建てくらいの建物しかない上に、電信柱が木でできている。それに道路もろくに舗装されていなくて、土のままの道が多かった。不思議なのは人がちらほら見え始めたのだが、誰も彼もが充を見て呆れた顔になっている。露骨《ろこつ》に顔を顰めて避けていく人もいるし、気分が悪くなった。大智に対しては特に変な視線は向けないから、問題があるのは充らしい。

「なぁ。やっぱなんか俺変？　葉っぱとかついてる？」

気になって大智にこそこそ聞いたが、特についてないという。だったら何故通行人は充に注目を集めるのか。

「それより…何か変じゃないか？」

落ち着かない様子で大智が町並みを眺め、眉を寄せた。充も同じ思いだったので、顔を強張らせた。

「映画でも撮ってるのかな…？」

大智がそう呟くのも無理はない。先ほどの少年がしゃべっていた言葉を考えればここが日本であるのは間違いないのだが、奇妙なことに知っている建物がない。それどころか――すごくレトロな町並みなのだ。それは人がいる場所へ進めば進むほど強くなり、充と大智は不安を増幅させながら繁華街へと進んだ。映画のセットの中にでも入り込んだのだろうかと思ったくらい、古い感じの看板や店が続く。白線もない道路を見たことのない路面電車や三輪自動車が走っているし、ふつうの車もやけに古い型で、知っている車種が一つもない。町並みだけではない、人々の格好もなんというか全体的に野暮ったい。

「なんか…おかしくね？」

あまりにじろじろ見られるのでいたたまれなくなり、公園らしきところに戻り、どこかに地図看板がないかと探した。公園の中の緑は赤や黄色に色づいている。公園には大きな池があった。葦《あし》の群生が池の水を覆《おお》い隠すかのようだ。

急に大智が足を止めて、怖い顔で池を凝視した。

「なぁ…これ、もしかして不忍池《しのばずのいけ》…じゃないか？」

低い声で大智が呟き、充はぎょっとして池を見た。すぐに笑いだして手を大きく振る。

「まさか。そんなわけないだろ」

不忍池は音楽大学からも近い場所にある上野恩賜公園《うえのおんしこうえん》の中にある大きな天然池だ。確かに大きさや風景は似ているが、これが不忍池だったらここまで歩いてきた時点ですぐ分かるはずだ。それに不忍池にしては水が綺麗すぎる。

「でもあれ弁天堂《べんてんどう》だろ？」

大智が指さした方向を見て、充は笑い飛ばそうとしていた顔を強張らせた。池の中央に碧色《みどりいろ》の屋根のお堂が建っている。確かにあれは弁天堂だ。けれどそれではおかしな点がある。弁天堂はまるで建設途中のように、出来上がっていないのだ。

「工事なんてしてたっけ？　それにさ、やっぱ違うよ、だってほら、ここ」

充はぞわぞわとした臓腑《ぞうふ》をくすぐるような感覚を払いのけるために、池の周囲を走って懸命に見渡した。

「ここら辺にたくさん石碑《せきひ》あったじゃん。ふぐ供養とか眼鏡のとか」

以前大智と上野恩賜公園を歩いた際に、不忍池の一角に変な石碑がたくさん建っていて大笑いしたのだ。その石碑がないのだから、ここが上野恩賜公園であるはずがない。

「ちょっと待て、地図がある」

公園内に立てかけてあった地図を見つけ、大智が先を急いで走りだした。充も慌ててそれを追い、祈るような思いで地図を覗き込んだ。

「やっぱり…ここ、上野だよ。不忍池って書いてある」

大智がかすれた声で呟く。大智が言った通り、現在地に上野恩賜公園内と書かれている。充は大智と声もなく見つめ合い、地図をじっくりと観察した。恩賜公園の傍には上野動物園、上野駅までの簡単な地図も明記されている。

「おかしいよな、おかしいだろ?」

半ばパニックになりかけて充は大智の肩を揺さぶった。大智はすっかり青ざめて地図を凝視し、やおら走りだした。

「ど、どこ行くんだよ?」

駆け出した大智の背中を追って声をかけると、やけくそ気味な大智の声が戻ってきた。

「上野駅だ!」

何が何だか分からず、充も黙って駅を目指した。

駅までの道を走る間、ずっと違和感を覚えていた。どこか見覚えのある道、けれど見たことのない道——すごく奇妙だ。目に入る景色は知っている物とは違うのに、ところどころ見覚えのある風景が顔を出す。それは上野駅に着いた時点で、より明確になった。

上野駅は充の知っている上野駅と酷似していた。だが大きな相違点がある——高速道路と歩道橋がない。

「これは…」

大智は駅を見つめ、呆然としている。充も呆気にとられて、立ち尽くした。

知っている風景とは違う景色――一体ここはどこなのだろう?


大きなショックを抱えたまま、充と大智は再び上野恩賜公園に戻ってきた。

大智は現在の状況が呑み込めないのか、ベンチに座り両手で顔を覆い俯《うつむ》いている。充もどうなっているのか見当もつかず、バイオリンケースを抱えた状態でぼんやりと暮れかかる空を見ていた。

変な世界に飛ばされてしまった。これは夢なのではないか? ひょっとしてあの窓から落ちた時点で自分は死んで、今は異世界を漂う魂になっているのかも。そんな埒もないことを考えた後で、現実的な問題に襲われた。今夜どこで眠ればいいのだろう。自宅へ帰りたいが、落ちる時に財布など持ってこなかったから無一文だ。せめて携帯電話くらいポケットに入れておけばよかった。

「なぁ大智、今夜どうする?」

ずっと顔を伏せたままの大智に話しかけると、のろのろと顔が上がった。大智はすっかり気落ちしていて、表情は暗い。

「お前、金持ってる？　腹減ってきたよな」

だんまりの大智になおも話しかけると、大きなため息が戻ってきた。

「何も持っていない。ポケットにはハンカチだけだ」

「だよなぁ…。俺も持ってるのはバイオリンだけ。今夜どうする？　このベンチで寝るか？　なんか浮浪者みたいだな、俺はいいけどお前平気？」

「そんなことより大切な話をしよう」

急に前向きな顔になり、大智がこちらに向き直った。浮上してくれたのなら助かると思い、充は頷いた。

「俺たち、生きてるのか？」

真剣な顔で聞かれて、つい「そこからかよ！」と充は前のめりになった。繊細な大智にはこの状況は受け入れがたいものらしい。

「そこから考えさせてくれ。俺たち四階から落ちたんだぞ、ひょっとして死んでるのかもしれない」

眉間にしわを寄せて大智が真剣な顔で言う。ついその頬をぴしゃりと叩くと、思ったより痛かったのか大智が憤慨する。

「なんで叩くんだ！　痛いだろ！」

「よかったじゃん、生きてるって分かって」

脱力して言うと、大智が不満げな顔で叩かれた頬を擦《こす》った。

「じゃあもうそのことはいい…。お前、何度も同じ時刻に戻るって言ってたよな」

今度は核心に迫った話になりそうで、充も表情を引き締めた。

「ああ、何度も死んではやり直してた。お前とここに落ちるまでは」

「じゃあ多分どっちかだ」

「どっちかって何？」

大智が難しい表情で口を開く。

「信じられないけれど、ものすごく古い時代に来たか、あるいは日本に似ているけれど違う世界に来たか。いわゆるパラレルワールドみたいな」

パラレルワールドと聞いて、思わず失笑してしまった。そんなSFっぽい世界は興味ないので、とても真剣に考えられない。

「笑い事じゃないぞ、どっちも異常なことに変わりはないけど、それ以外でこんな場所にいる説明がつかない。映画のロケ地にしては広すぎる。それに不忍池みたいにでかい池を突然作るのは不可能だ。ちょっと待ってろ、俺がどっちか確かめてくる」

大智が重苦しい様子で立ち上がり、決意した表情になった。

「え、どこ行くんだよ？　俺も行くよ」

「お前は目立つからここにいろ。すぐ戻ってくるから」

大智は背中を向けて再び先ほどの繁華街へ向かっていく。充は仕方なく大智を待つことにした。日が落ちてきて寒さが増している。手持ち無沙汰だったのでバイオリンをとりだし、指慣らしに軽く弾き始めた。弾きながら自分が大智ほどこの状況に憂えてないのを不思議に感じていた。変な場所に飛ばされて困っているはずなのに、大智のように落ち込んではいない。充からすれば、何度も死にかけたあの世界から抜けだせただけで十分だ。

一時間もベンチでバイオリンをかき鳴らしていただろうか。空が赤く染まり始めるのと同時に大智が戻ってきた。大智は青ざめた顔をしていて、手には汚れた新聞紙を持っていた。

「お帰り、どうだった?」

バイオリンをしまって大智に駆け寄ると、黙ってくしゃくしゃの新聞紙を差しだされた。最初に目に入ってきた記事の文面が「国産ロケット第一号、発射実験に成功」で、一瞬目が点になる。一人暮らしをするようになってから新聞をとっていないから断言はできないが、写真はカラーじゃないし全体的に活字が堅苦しく字の大きさも読みづらかった。それに広告の商品が見たこともない時代物ばかりだ。

あちこちに目を動かしていた充は、ふと気がついて日付を見た。

「えっ!?」

自分の見ている物が信じられず、大声を上げて食い入るように新聞紙を顔に近づける。一九五七年九月二十日――昭和三十二年と印字されている。

「公園のゴミ箱から拾ってきた…。今日のじゃないかもしれないが、ここ最近のものだと思う」

陰鬱《いんうつ》な表情で大智が呟き、疲れたようにベンチに腰を下ろした。充もその隣に腰を下ろし、改めて新聞をじっくりと読んだ。おおざっぱに記事をかいつまんでいっただけだが、大智がここ最近だと言った理由が分かった。新聞紙は丸めた跡はあるが、とても何十年も昔のものには見えなかったのだ。紙の感触もインクの状態も新しい。

だとすれば今は昭和三十二年だというのか。とても信じる気になれなくて充はしばらく黙り込んだ。確かに充は死を体験して何度も時間を行き戻りした。けれどそれはあくまで数時間の話であって、こんなふうに何十年も時をかける旅などしていない。一体何故？　どうして自分がこんな場所に飛ばされたのか。

分からないことだらけなのに、充も大智も言葉を失ったみたいに黙りこくっていた。互いに口を開いてしまったらこの状況を受け入れなければならないのが分かっているから、口火を切りたくなかった。これはやっぱり夢ではなかろうか。充はそっと自分の頬をつねってみた。

「……バイオリン、貸してくれ」

かなり長い間黙った挙げ句、大智が言いだしたのはそんな一言だった。充が黙って差しだすと、無言でケースからバイオリンをとりだし、おもむろに弾き始める。大智は今日の練習が足りていないと思ったのだろう。大智の音に耳を傾け、彼の心がひどく乱れているのを感じとった。こんな状況に放りだされて不安でたまらないに違いない。

四十分ほど大智が弾き続ける間、充は黙って音を聴いていた。大智の音は最後のほうはだいぶ落ち着きをとり戻し、いつもの流麗さを醸《かも》しだしていた。

「ありがとう」

納得いくまで弾き終えると、大智はバイオリンをしまい充に戻してきた。それがきっかけだったかのように充は大智と現状について語り合うことにした。

「何故か理由は分からないが、四階から落ちて俺たちは過去に移動してしまったようだ。どうやったら戻れると思う?」

真剣な顔で大智に聞かれ、充は腕を組んで頭を悩ませた。

「やっぱ高いところからまた落ちるとか…かなぁ。セオリーでいくと」

「それじゃどこか橋を見つけて落ちてみるか?」

大智に強烈な提案をされて、充は仰け反って首を振った。

「冗談だろ? こえーからやだよ。戻れたらいいけど、骨折したらどうしてくれんだよ」

「じゃあどうやって帰ればいいっていうんだ」

「や、それも大事だけどそれより今晩どこ泊まる? マジで腹減ってきたんだけど」

大智は帰ることにこだわっているが、充としては先ほどからグーグー鳴っている腹をどうにかしたい。今日は急いでいて、パンを電車で一個しか食べていないのだ。練習が終わった後、ラーメンでも食べようと思っていた。

「両方無理だ。お金持ってないだろ? 持ってたとしてもこの時代のお金って、俺たちの時代と違うんじゃないか?」

「じゃあどうするんだよ」

腹が減ってきたのもあって、互いに口調が乱暴になってきた。自分もそうだが、大智もかなり神経がささくれだっていて、ささいなことでも一触即発《いっしょくそくはつ》になっている。

「やっぱり高いところから落ちよう」

怖いくらい真剣な顔で大智が言いだし、立ち上がってふらふらと歩き始めた。最初は冗談だと思っていたが、大智は思い詰めた表情のままずんずん歩いて行ってしまう。

「お、おいおい、冗談だよな?」

大智の様子が尋常じゃないのに気づき、充はバイオリンケースを肩にかけその後ろを追った。大智はどんどん足を速め、周囲に頭を巡らせ、どこか高い場所はないか探している。何度も止めようとしたが、大智は充の声が届かないのか黙々と歩いている。

三十分も歩き続けただろうか。すっかり辺りは暗くなり、視界が悪くなった。ぽつぽつと街灯に火は灯っているが、現代の明るさに比べるととても暗い。行き交う人にじろじろ見られて居心地の悪さを覚えた頃、ふと大きな橋が現れた。一応コンクリートでできた橋だが、地面はぼこぼこしていて欄干が少し低く感じる。大智は橋の中央まで行くと、欄干に手を置き、ごうごうと流れる川を覗き込んだ。

「マジでやめるよな? けっこう高さあるじゃん。落ちたらまずいって」

暗い目で流れる川を見下ろす大智が心配になり、充は焦ってその肩を押さえた。大智は苦しげな表情で前のめりになり、ごくりと唾を飲む。

「お前が落ちた時と同じだ……俺はやる!」

決意したように叫び、大智がひらりと欄干に飛び乗り、橋から身を投げようとした。慌てて充はその足を掴み、懸命にそれを阻止する。これじゃ今度は立場が反対だ。

「離せ！　離せって！」

「アホか！　やばいって、馬鹿、よせ！」

暴れる大智を必死の思いで止めようとした。すると周囲にいた人たちが、仰天した様子で集まってくる。

「あんた、馬鹿なことしてんじゃないよ！」

中年女性二人が駆け寄ってきて、充に加勢して大智を橋のほうに戻そうとしてくれる。偶然通りかかった年配の男性も気づいて大智を引き戻すために力を貸してくれた。どうやら皆は大智が自殺しようとしていると思ったらしい。口々に馬鹿な真似はやめろと騒ぎ立てる。大智は離せと叫びながら落ちようとがんばっていたが、何人もの手で取り押さえられてとうとう地面に戻された。

「うう…」

めったにない攻防をしたせいか、大智は息を荒げつつ地面にぐったりとなった。大智がようやく諦めてくれて、充もその上に安堵して倒れ込んだ。

笛の音が高らかに響いた。いつの間にかできていた人垣をかき分け、警察官らしき男がやってくる。口ひげを生やした厳めしい顔をした制服の男だ。野次馬の何人かが「自殺しようとしてたんだよ」と親切にも警察官に報告している。

「ほら、どきなさい、どきなさい。なんだね、君たちは」

欄干から引きずり落とされて地面に倒れ込んでいる大智と充の前に、警察官が屈み込んできた。

「ほら散った、散った」

好奇心丸出しで覗き込んでくる野次馬を追い払い、警察官が帽子のつばをわずかに上げる。

「なんだ、君は。ちんどん屋か？　それとも今流行りの太陽族《たいようぞく》という奴か？　風紀が乱れるな、男のくせに変な服を着て」

警察官は充の格好を見て、眉を顰めている。

「太陽族？」

太陽族が何か分からず首をかしげると、警察官が警棒で大智の肩を小突く。

「自殺しようとしていたのは君かね？　なんだ、まだ若いのに」

警察官に腕を引っ張り上げられて、大智が疲れた様子で顔を上げた。警察官は地面にべったりと座り込んだままの大智を見つめ、しゃがんで手帳をとりだす。

「君、氏名と住所は。なんで自殺なんかしようと思ったのかね」

厳めしい目つきで詰問され、まずいことになったなと充は目を泳がせた。住所を聞かれても、答えられない。

「あ、あの、もう大丈夫ですから。俺が止めますし」

職務質問などされても答えられないことが多すぎる。充はこの場は誤魔化して逃げようと思い、大智の腕をとった。するとじろりと警察官が充を見て、うさんくさげに目を細める。

「怪しいな、君たち。質問にはちゃんと答えなさい」

警察官に睨まれ、充はどうしようかと懸命に頭を働かせた。――――その瞬間、滑稽《こっけい》なことなのだが、静まり返ったこの場で、大智と充の腹が一斉にぐうと鳴った。

あまりにも陳腐なタイミングに充は笑いだしそうになったが、逆に大智は悲しげな顔でうつむいて苦しげな声を出す。

「田舎から上京して来たのですが、持っていたバッグを盗まれて無一文になってしまい、世を儚《はかな》んで川に身を投げようとしていました。音楽家になる夢を持って出てきたのですが…」

つらつらと大智が嘘八百を並べ始め、充は呆気にとられてうなだれる大智のつむじを見つめた。

「名前は南大智です。新潟《にいがた》から上京してきて、一流の音楽家になるまでは帰らない覚悟で…幼馴染みの彼と一緒に出て来たんです」

大智が顔を上げ、悲しげな面持ちで警察官に身の上を語っている。充はぽかんとしていたが、警察官はすっかりその話を信じたようで、同情した目つきになって大智の肩を叩いている。

「そうか、そりゃ大変だったな。今夜泊まるところはあるのかい」

「公園で寝泊まりしようかと…」

「そりゃいかん。今日は冷えるぞ、見れば腹も減っているみたいじゃないか。よし、ちょっと君たち、ついてきなさい」

警察官がぽんと膝を打ち、腰を上げる。充は大智と顔を見合わせ、警察官の後ろをついていった。

「音楽家と言っていたが…もしかしてバイオリンかい？　私はこれでも音楽好きでね」

歩きながら警察官が穏やかな口調で尋ねてくる。先ほどまでの厳めしい姿はすっかりなりをひそめ、制服を脱げばその辺にいる優しげなおじさんといった目つきだ。

「あ、はい。そうです」

充が急いで頷くと、警察官は嬉しそうに顎を撫で、繁華街に充たちを連れて行った。夜も更け、飲み屋やいかがわしい店がネオンを灯して客を呼び込んでいる。彼らは警察官を見るなり奥に引っ込んでしまい、連れられている充たちをじろじろと遠目に眺めている。

「金《かね》ちゃん、いるかい」

警察官が誘導してきたのは、銀乃鏡《ぎんのかがみ》という看板がかかった大きな店だった。警察官は勝手知ったる様子で裏口に回ると、中に入り奥に向かって声をかける。薄汚い廊下をばたばたと走る派手な衣装を着た女性たちが、警察官を見て気軽にあいさつをしていった。事情が呑み込めないまま警察官の後ろに立っていると、細面のひょろりとした背の男が奥から顔を出した。このホールの関係者だろう、黒の三つ揃いに蝶《ちょう》ネクタイをしている。

「なんだ、矢木《やぎ》さん。どうした」

「この二人、路頭に迷っていてね。今晩置いてくれないか。バイオリンが弾けるそうだから、働けると思うよ」

警察官の名前は矢木というらしい。矢木に紹介されて充と大智は慌てて頭を下げた。矢木は蝶ネクタイの男に大智たちが田舎から音楽家を目指して上京してきたという話を聞かせた。蝶ネクタイの男は特に疑うわけでもなく、ふーんと相槌を打っている。

「まぁいいよ、今夜は人手が足りないから、一晩くらいなら面倒みてやるよ。よし、こっちにおいで。それにしても男でそんな色の服を着ている奴に会ったのは初めてだ。なんだい、この服」

金ちゃんと呼ばれた蝶ネクタイの男は、充と大智を手招き、呆れた顔で充を見た。警察官の矢木は安心した様子で頷き、「もう馬鹿な真似するんじゃないぞ」と大智の肩を叩いて去って行った。

「バイオリンができるって本当かい」

「あ、はい。俺たち二人とも弾けます。ピアノもできます」

矢木に頭を下げた後、すかさず大智がアピールする。変なことになってきたと思いつつ、金《かね》原《はら》と名乗った男について薄暗い廊下を歩く。廊下にはいくつものドアがあり、どうやら楽屋らしいと分かった。ここはショーを開く店なのだろう。

「じゃあダンスが始まるまで、客に演奏を聴かせてやってくれ。そうだな、曲はなんでもいいよ。どうせつなぎだから」

金原に案内され、狭い個室に入って店の制服らしき黒のシャツとスラックスを渡される。少しサイズは大きかったが、袖を折ることで対処できた。着替え終えると、今度は大きなホールに連れて行かれた。

ホールは結構な広さがあり、客は男性が多かった。きちんとスーツを着た男性が食事を愉しんでいるところを見るとお高い店なのか。ビロードの布張りをした椅子に腰を下ろした客たちから少し離れた場所にピアノが置かれていた。

「なんかこのピアノ、ちっさくね？」

ふだん充が触れるピアノに比べ、置かれたピアノは大きさも違うし、高さが足りない。社名を見るとヤマハらしいが、全体的に見劣りがする。不安な様子で大智がピアノの前に腰を下ろし、鍵盤を鳴らした。充たちが使っている物に比べるとやはり音は悪いが、調律も合っているようだし、鳴りも気に障るほどではない。

「得意客に日楽《ニチガク》さんの社員さんがいてね。うちに格安で置いてくれてるんだ」

ピアノをしげしげと眺めていたせいか、金原が説明してくれた。日楽とはなんだろう。よく分からないが充はバイオリンをケースからとりだし、調弦を始めた。

「ちょっと弾いてみて。なんでもいいから」

確認するためか金原に促され、充は大智と顔を見合わせ、ちょうど練習していたモーツァルトを弾くことにした。呼吸を合わせて弾き始めると、金原の目が丸くなった。少し弾いたら止めが入るのかと思って待っていたのだが、一向に制止の手が入らないので大智と一緒に第一楽章を延々と弾き続けた。ホール内の食事中の男女のざわめきが心地いい。静かに聴いていてくれるのも好きだが、こんなふうに談笑しながら聴いてもらえるのも好きだ。

第一楽章を弾き終えると、思わずといった様子で金原が拍手《はくしゅ》をした。ホール内のあちこちからも静かに拍手が鳴る。

「すごいじゃない！　めちゃくちゃ上手いよ！　矢木さんが連れてきたから、ぜんぜん期待してなかったけど、君たち本当に才能あるよ！」

すっかり金原の目つきが変わっている。

「そりゃ俺たちプ…」

プロですから、と言いかけたとたん、大智が足を伸ばして充のすねを蹴ってくる。いてっと声を上げ、充は自分のミスに気づき咳払いで誤魔化した。

「これなら安心だな。じゃあ一時間ほど適当に弾いていてくれるかな。そうしたら後で賄《まかな》いの飯を出してあげるよ。今晩は楽屋にでも泊まればいい」

すっかり上機嫌になった金原が今夜の宿と食事を請け負ってくれて、充は大智と目を輝かせて頭を下げた。

「ありがとうございます！」

腹が減って限界だったので、金原が天使に見えた。金原はホールに戻り、客の対応に勤しんでいる。充と大智は練習していた互いの曲を交互に弾いて、金原の期待に応えた。芸は身を助《たす》くというが、楽器が弾けて本当に助かった。

弓をかき鳴らしながら、充と大智は同じ思いを抱いていた。

一時間ほど大智とモーツァルトを弾き、金原に上がっていいと言われて楽器をしまった。充たちの後には派手な衣装を着た女性たちが踊《おど》りを見せるという。興味はあったが猛烈に腹が減っていたのでホールを後にした。

厨房に行けと言われて、大智と一緒に店員が忙しなく料理を運んでいる廊下を通った。奥の厨房には湯気と美味そうな匂いが充満している。白いコック服を着た男たちが独楽鼠《こまねずみ》のように動き回っていて声をかけづらかったが、皿に料理を盛っている料理人に「あのーメシ…」と声をかけると、「そこにある!」と邪魔そうに言われた。

ステンレスの大台の上に、麦飯とめざし、漬物が置かれている。充は愕然《がくぜん》とした顔で食事を見つめ、魚を焼いている男に声をかけた。

「……あのー、おかずは?」

「は? そこにあるだろ?」

いぶかしげな顔で男にめざしを差され、充は大智と見つめ合った。賄いというからもっといいものを想像していたので、まさかこんな粗食が出てくるとは思わなかった。昭和三十年代の食事事情はよく知らないが、先ほどホールで食事を愉しんでいた人たちはもっと豪華な食事をしていたのに。

かなりがっかりしながらも大智と丸椅子を持ち寄り、手を合わせて食事を始めた。麦飯は白米に比べると味は劣るが、腹が減っていたのもあって漬物とめざしだけでも美味しく感じた。

厨房は活気あふれる有様だった。この店はけっこう繁盛しているらしい。そうでなければ見ず知らずの充たちに食事など与えないだろう。

食事を終えて一息ついていると金原が現れて、料理長らしき男と打ち合わせを始める。他のコックが金原を「支配人」と呼んでいたので、金原の地位が分かった。

「あ、君たち、今夜はB室に泊まるといいよ。確かロッカーに毛布が入っていたはずだ。今は忙しいから、明日また話そう」

金原は出て行く間際に充たちに気づいて、きびきびと声をかけてきた。急いで頭を下げ、充は金原の言っていたB室を探した。B室はいくつかある楽屋のうちの一番端にある狭くて汚い部屋だった。資材や段ボールが積み重なった、ほとんど物置小屋だ。破れた革のソファがあり、壊れたロッカーを開けると、確かに毛布が一枚入っている。

充と大智は制服を脱いで着ていた衣服に戻ると、なんとはなしに顔を見合わせ、破れたソファに腰を下ろした。

「なんか、訳の分からないことになってるな、俺たち…」

充が呟くと、大智は疲れた様子で背もたれにもたれる。

「ああ、まったくだ…。まだ俺は信じていない。壮大などっきりとしか思えない…。でもとりあえず飯が食えて、寝る場所が見つかってよかった…」

しみじみとした口調で大智が言い、充も少し笑顔になって肘で突いた。

「お前、あの警察官に上手いこと言ったな。お前のおかげだよ」

「いい人でよかったよな。あんな理由信じるなんて」

「びっくりだよなー」

やっと大智も口元を弛めてくれた。充は靴を脱いで膝を抱えると、バイオリンを横に置く。狭い空間に二人きりになったせいか、奇妙な安堵感に支配され、充は大智に寄り添うようにしてソファにもたれた。すると急に大智の身体が強張り、ぎこちなく身を引くようにする。触れられるのを厭うかのようなそぶりに、充は顔を顰めて横に顔を向けた。

「なんだよ」

これまで大智とは軽いスキンシップは日常だった。それなのに拒絶するように避けられた理由が分からない。

「……」

充の問いに大智の顔がくしゃりと歪んだ。まるで詰られているような目つきで見られ、目を丸くすると、大智が低い声を出す。

「……いつから気づいてたんだ」

重苦しい声で聞かれ、なんのことか分からず充は「え？」と首をかしげた。

「いつからだよ…。お前…俺が…お前を…」

大智は言いづらそうに言葉を呑み込み、わずかに赤くなった頬を両手で隠した。最初は何を言っているのか分からなかったが、そういえばレッスン室の窓から落ちる前、大智の恋心を揶揄するような発言をしたのを思いだした。あの後あまりに急転直下な出来事が起きたので、すっかり忘れていた。もしかしたら大智はずっと気にしていたのかもしれない。

「やー、わりぃ。すぽっと頭から抜け落ちてた。まぁ、気にすんなよ」

軽く大智の肩を叩くと、頬を朱に染め、大智が目を吊り上げる。

「気にするだろ！　お、お前だって気にしろ…っ」

カッカした様子で怒鳴られ、充は身をすくめて頭を掻いた。

「なこといってもよ…。お前が俺を好きなのは結構前から知ってたよ。二、三年前かな。お前、酔って寝てる俺にキスしてきたじゃん」

「そ、そんな前から⁉　っていうか気づいていたのか⁉」

激しくショックを受けた様子で大智が立ち上がり、耳まで赤くなって壁際まで遠ざかる。

「あ、あれはその…、酔ってたし、俺も理性がゆるくなっていたというか…その、だから…、本当にわざとじゃなくて…」

大智は手で顔を覆い、壁に向かって言い訳をぶつぶつ呟いている。おろおろしている大智は傍目にも気の毒で、充はつい笑ってしまった。充の笑い声が気に障ったのか大智が睨みつけてきたので、急いで顔を引き締める。

「す、すまなかった……、その…卑怯だった」

沈痛な面持ちで謝る大智は、うなだれて本当に申し訳なさそうだった。たかがキスくらいで、と充は呆れたが、大智は真面目な性格だからきっと充と違い悩み苦しんだに違いない。

「真面目だなー。飲みの席じゃ、男同士のキスなんてよくあることじゃん。俺も悪かったよ、あん時は何度も死ぬからくさくさしてて」

「俺のこと気持ち悪くないのか?」

充の言葉を遮るように、大智が振り返って言葉を叩きつけてきた。大智は壁から離れ、ソファのほうにつかつかと戻ってくると、充の前に膝をついて見つめてくる。

「別に気持ち悪くはないだろ。俺、今までそんな態度とってた?」

膝を抱えて苦笑する。大智の熱っぽい目と声で、室内の空気が少し変わってしまう。このまま いくとやばいことになりそうだと思いながら、充は目を泳がせた。大智と微妙な空気になりそうな時は、いつもさりげなく話題を変えて大智の気持ちに気づかないふりをしていた。今日はいろんなことが起こりすぎた上に、大智の気持ちを知っているのを明かしてしまった。いつものように逃げられない。

「俺はお前のことが好きなんだ。それでも気持ち悪くないか?」

大智がこんなふうにストレートに告白するなんて思ってもみなかったので、かなり驚いた。品行方正な大智は絶対に男相手に告白などしないと見誤っていた。充が言いださなければ大智は秘めた想いを口にせずに充と友人のままで終わるだろうと。

こんな状況だからか、大智がおかしくなっている。

「気持ち悪くはねぇけど…期待されても困るというか」

正直な気持ちを吐露《とろ》すると、大智は震える吐息をこぼした。そしてなんともいえない悲しげな目で床に視線を落とす。ホッとしたような、ショックを受けたような、微妙な表情だ。

その顔を見ていると、ふと十代の頃の大智を思いだした。

大智とは同じ師に学んでいたのもあって、大学に入る前から互いの存在は知っていた。充のバイオリンの師である三嶋《みしま》良太郎《りょうたろう》は、同世代で才能のある子がいると大智について教えてくれた。三嶋は大智にも同じことを言っていたらしく、初めて顔を合わせた時は当初お互いライバル意識があった。けれどそれも互いの音楽を知るまでで、実際弾いてみれば対照的な世界観を持っているのに気づき、ライバル意識は薄れた。求める音楽が違いすぎる。

大智は昔から真面目な人間だった。音楽一家に生まれ、音楽一筋で生きてきた男。最初はジョークすらよく分からないといった顔をしていて、奇妙に噛み合わない会話を続けたものだ。同じバイオリンを弾く者同士とはいえ、大智と自分は真逆の性格をしていると思う。いい加減でだらしない自分と違い、大智は生真面目で繊細だ。ソロでしか弾けない充と違い、大智はオーケストラの一員として団員をまとめ上げる器量を持っている。

そんな大智が自分に特別な感情を抱いているのではないかと気づいた時、充は複雑な感情を抱いた。いいとか悪いとかそんな簡単な感情には到底なれなかった。充が一番に思ったのは、この関係を壊したくないという思いだ。大智と仲違いしたり、よそよそしくなったりするのは絶対に嫌だった。だからといって大智の気持ちに応えられるわけでもない。充は大智を気に入ってはいるが、恋愛感情など抱いたことはない。

大智は昔から充には素の感情をよく出してくれる。他人の前では冷静でめったに表情を変えないが、充には心を許しているのか感情が豊かだ。そんな大智の気持ちに気づくのは簡単だった。キスをされる前から、もしかしたらそうではないかという予感があった。だからこそこれまで知らないふりをすることで、大智との関係を壊さないように気遣っていたのだ。

「そうか…そうだよな…」

期待するなと言ったせいか、大智は徐々に陰鬱な表情に変わり、目を伏せる。先ほどまで耳まで赤かったくせに、今はすっかり血の気を失い、やや青ざめてさえいる。それがひどく気になり、充はなおも言葉を綴《つづ》った。

「あのな、でも俺、お前がすげー大切なの。失いたくないの。だからさぁ…距離おかねーでほしーってゆうかぁ…」

どう言えば自分のこの複雑な感情を伝えられるのか分からなくて、充はとっさにそんな言葉を並べた。弾かれたように大智が顔を上げ、不思議そうな目で見つめてくる。変なことを口走ったと思い、充は立ち上がって毛布をとりにいった。

「寒いな、毛布一枚しかないから一緒に被ろうぜ」

顎をしゃくって充が呼ぶと、大智は戸惑いつつ充と一緒にソファに座った。お世辞にもあまりきれいとはいいがたい毛布だったが、大智と肩をくっつけてくるまっていると、温かさだけは感じた。大智は考え込むようにひたすら前を見ている。

現状だけではなく大智のことも考えなければいけないのは頭が痛い。眠りから覚めたら日常に戻っているのを願い、充は目を閉じた。

皆、集まって、と園長先生が言った。

一列に並ばされて、ふくよかな園長先生の横に立っている目つきの鋭い中年男性を見上げた。スーツを着た怖そうな顔をした男だ。肩幅が広く身長も高い。百五十センチしかない園長先生の頭のてっぺんが肩の辺りだからけっこうでかい。

これからテストをします。

園長先生に言われて皆きょとんとした。テストの意味が分からない小さな子たちばかり集められたので、皆何が始まるのか分からなかった。

さぁ、これで遊んでごらんなさい。

園長先生が部屋に置かれた楽器を指さして告げた。部屋にはピアノが何台か運び込まれている。よく分からないなりにも充たちはピアノを鳴らして遊び始めた。鍵盤を叩くとそれぞれ変わった音がする。充は面白くてあれこれと鳴らして遊んだ。飽きてどこかに行ってしまう者、意味もなくばんばん叩く者、子どもたちの反応はさまざまだった。

ピアノを鳴らしていた充はどこかでこれと似た音を聴いたことがあると記憶を辿っていた。誰かが自分を膝に乗せ、軽やかな音楽を聴かせてくれた。あれはいつ、どこでだったか…。

「君はピアノが好きなのかね」

男が充の座っていた椅子の隣に来て囁《ささや》いた。怖そうだと思った男の顔は、近づくとますますおっかない。

充は内心の怖さを隠して、分からないと答えた。

「ふぅん、そうなのか」

男が充の頭を撫でて初めて微笑んだ。笑うと神経質そうな雰囲気は柔らかいものに変わった…。

――ハッとして目覚めて、充は一瞬頭の中が真っ白になった。

幼い頃の夢を見た。どうしてあんな夢を見たのだろう。

体中がぎしぎししているのに気づき、充は思い切り伸びをして上半身を起こした。見ると横に座っていた大智が頭を抱えてうなだれていた。大きくあくびをして室内を見渡し、自分が物置小屋みたいな部屋にいるのを確認した。目が覚めたら自分のいた世界へ戻っているのではないかと淡い期待を抱いたが、やはりこれは夢ではないらしい。

「……俺たち、どうなるんだろう…」

まだ現実を受け入れられない大智は、重苦しい声を出している。充は自分の身体にかかっていた毛布を畳み、伸びをして固まった筋肉をほぐした。目覚めても夢から醒めないということは、これは現実だ。どうしてこんな時代に来たのか分からないが、こうなってしまった以上は開き直るしかない。

「おい、大智。もう腹くくろうぜ。そのうちきっと戻れるよ。でもそれまでは、ここでなんとか食いつないでいかなきゃ」

少し強めに大智の背中を叩くと、ハッとしたように大智も顔を上げる。

「…そうだな。お前の言うとおりだ。俺はどうも不意打ちの出来事に弱くて…」

「そんなことないだろ。去年のガラ、立派に対処してたじゃん」

充が慰めるように言うと、大智は苦笑して首を振る。去年の年末のガラコンサートで、大智はコンマスとして舞台に立っていた。その演奏の最中に大智のバイオリンの弦が切れたのだ。大智は涼しげな顔で隣で演奏していた第一バイオリンの田中とバイオリンを交換し、演奏を続けた。突然のハプニングにも大智の音は乱れることはなく最後まで完璧な演奏をした。終わると同時に場内からは大きな拍手が湧き起こったものだ。

「あれはいつ起きても構わないように、常日頃からシミュレーションしているから。俺にとっては不意打ちじゃない」

大智は悩ましげな顔で呟いている。そうは言うが、昨夜も警察官にうまいこと言っていたし、不意打ちの出来事に弱いとは充には思えない。けれど確かに大智が落ち込みやすい性格をしているのは充も知っている。この男は繊細なところがあるから、悩みだすと長いのだ。

「とりあえず金原さんにしばらく住み込みで雇ってもらえないか、聞いてみないか?」

悩んでいたわりに、建設的な意見を大智がしてきた。充も賛成し、二人で部屋を出て金原を捜し始める。バイオリンを置いていくのが心配だったので、充は背中にバイオリンケースを担いで廊下に出た。朝から仕込みのためか厨房を出入りする人が多く、食材を運び入れる業者や、ビールケースを担いでいる男とすれ違う。厨房の下っ端の少年に金原がどこにいるのか聞くと、まだ来ていないという。

「あら、あんたたち、昨日の家出少年ね」

廊下で金原の出社を待っていると、切れ長の目つきの二十代後半の女性に話しかけられた。モノクロ映画に出てくるヘプバーンみたいな髪型をして、化粧も充から見るとずいぶんと古臭かった。きっとこの時代ではこういう髪型や化粧が流行っているのだろう。

「い、家出少年…」

少年と思われたのがショックだったのか、大智が顔を引き攣らせている。女性は陽気な笑顔を見せて「ついて来なさいよ、朝飯食わせてやるわ」と充たちを誘った。充と大智はすでに成人式を終えてから五年も経っているのに、女性からは子どもっぽく見えたらしい。

「あたしは真理《まり》よ。ここの一番古株の踊り子。それにしてもあんたたち、でかいわねぇ。最近の子は発育がいいのね」

真理と名乗った女性は、充たちを見て呆れたような顔をする。確かに昨夜街を歩いている時点で、ずいぶんと皆の身長が低いなと感じていた。やはりめざしと漬物だけでは、発育に悪いに違いない。

「南大智です」

「あ、俺は刈谷充」

大智が礼儀正しく挨拶をするので、急いで充もつけたしておいた。真理は充を見て、おかしそうな顔になる。

「あんた、そのバイオリン持っていくの？　それになんでそんな服着てるの？　頭いかれてるの？」

なんと言われようとバイオリンは失くしたり盗まれたりしたら大変だから、絶対に手放せない。それにしてもピンク色のパーカーを男が着るのは、この時代にはありえないらしい。もしかしたらパーカー自体がこの時代にはなかったのかも。さすがに家を出る時にそこまで考えて服を選んでこなかった。

「これしか持ってないんで…。そんな変かな」

じろじろ見られるのは好きではないが、替えの服がないので仕方ない。パーカーの裏地をひっくり返し、裏返しで着てみたらどうかと画策した。大智は開襟シャツにズボンで、この時代でもそう変には見えない。

「荷物盗まれたんですって？　あんたたち間抜けな面してるもんね」

真理はけらけら笑って大智と充の背中を押す。どうやら事情は金原から聞いているらしい。真理についていくと、ホールを出て路地を挟んだ隣の店に案内された。一間ぐらいしかないような小さな店だ。くたびれた青いのれんがかかっていて、引き戸を開くと、真理が中に声をかける。

「おじさぁん、お好み焼き三つ」

真理は慣れた調子で、前掛けをかけた白髪の老人に注文した。大きな鉄板が一つあるだけの小さなお好み焼きの店だ。老人は「あいよ」と答え、さっそくお好み焼きを焼いてくれる。充たちは真理に習って小さな丸椅子に腰かけ、老人の手つきに見入った。お好み焼きというので期待したが、キャベツが少々とあとは青ネギばかりのものだ。肉やイカやエビを入れたお好み焼きが恋しいと思いつつ、鉄板の上で焼かれるのを待つ。

「あんたぁ外国人さんかね」

お好み焼きをひっくり返しながら老人に聞かれ、充は突っ伏しそうになった。どこを見てそう思ったのか知らないが、日本人じゃないと思われたのは初めてだ。

「不良よ、不良。太陽族よ」

真理が面白そうに囃《はや》し立てている。昨日も言われたが、太陽族とはなんだろう。族というくらいだし、世間一般からは外れた存在のようだが。

「さぁどうぞ。お食べなさいよ」

この時代のお好み焼きを振る舞われ、充は出されたウスターソースをかけて食べ始めた。欲を言えばマヨネーズが欲しいと思ったが、この時代のマヨネーズがどうだったか分からず口に出せなかった。

「美味い」

食べている途中で大智が目を瞠り、食べる速度が上がった。お好み焼きは具材がしょぼいことを抜かせば、けっこう美味かった。昨日のめざしよりずっと美味しい。充と大智は真理に礼を言いながら、がつがつと貪る。

「それであんたたち、家には帰らないの？　見たところそんなに貧乏な家の子じゃないんでしょ。すごい時計してるもの。靴だって、高そうだし。まさか盗品じゃないわよね？」

食が進んだ頃、真理が興味深げに充たちを見て探りを入れてきた。今まで気にしていなかったのだが、真理に言われてどきりとした。大智は着ているものもそうだが、時計はブランド物のいいものをしているし、靴は確かイタリアで買ったものだと言っていた。充のほうはあいにくと服は安物だが、時計はダイバーズウオッチで、これまたこの時代にはありえない最新式のものだ。

「盗みなんてしたことないです」

疑われて腹を立てたのか、大智が憤慨した様子で目を吊り上げた。

「それならいいわよ、じゃあやっぱりおぼっちゃまたちじゃない。昨日の演奏あたしも聴いてたわよ。音楽を習えるくらいなら、お金持ちよね。こんなところで不良してないで、自分の家へ帰りなさいよ」

奇妙な笑いを浮かべて真理が頬杖をついて告げる。真理の言い分を聞いて、充はしみじみとした思いを抱いていた。充の時代にはピアノやバイオリンを習う者は多いが、それでも続けていくにはやはり金がかかる。金持ちじゃなければ音楽を続けるのは不可能だ。ましてや昭和三十二年に、音楽を習える者など一握りだったろう。

「俺たちにも事情がありまして…。あのー、この辺りで暮らしていくとなると、家賃の相場はいくらくらいですかね？　保証人とかいなきゃやっぱり駄目ですか？」

大智は困った顔で真理にあれこれと質問を始めている。

「なぁに？　下宿先、探してるの？　本気で帰らないつもり？」

「俺たち荷物盗まれちゃったんで、着の身着のままでスタートしなきゃいけないんです。贅沢《ぜいたく》は言わないんで雨風だけしのげるところないですかね。仕事先も探さなきゃ…。金原さん、俺たちのこと雇ってくれる余裕あると思いますか？」

大智は諦めがついたのか現実的なことを考え始めたようだ。

「そりゃ銀乃鏡は連日満席で人気店なんだから、雇ってくれるでしょうよ。でも金ちゃんに買い叩かれるわよぉ」

「いいんです」

充はたまに相槌を打って聞いていただけだが、話しながら気づいたことがあって、少し戸惑っていた。大智はこの場で生きていくのに必死で、あまり考えていないようだが、昨日世話になった店――銀乃鏡は大智の苦手とする店ではないだろうか。

お好み焼きをおごってくれた真理としばらく話し、充は大智と共に店に戻った。真理は金原に口添えしてくれるという。金原が店に来るのは昼過ぎだというので、大智と一緒に周囲を散歩することにした。路地裏でパーカーをひっくり返すと裏地が黒だったので、裏返しにして着てみた。充からすると非常に変なのだが、じろじろ見る人はぴたりとやんだ。

「とりあえず金原さんに雇ってもらって、当座をしのごう。もしかしたらすぐ帰れるかもしれないし…」

ごみごみした細い路地を歩きながら大智が言う。細い道なのに人の往来が激しくて、迷子になりそうだ。活気あふれる掛け声があちこちから響いてくる。

「なぁ、それよりお前いいのか？　あの店、ナイトクラブって書いてあったぞ」

大智に肩をぶつけるようにして歩き、小声で告げると、不思議そうな顔で「ナイトクラブ…」と大智が呟いた。

「ぶっちゃけキャバレーだろ。さっきの人もキャバ嬢だろ」

「えっ⁉」

大智がぎょっとした声を出したので、すれ違う人の幾人かが振り返った。大智は心底驚いたという顔で充を見つめ、うなじを掻きつつ前に進む。

「そうだったのか？　キャバ嬢ってもっと見た目もしゃべり方も違うと思ってたが…」

「時代が違うんだって。キャバ嬢ってか、ホステス？　よく分かんねーけど、お前苦手だったんじゃないの？」

軒先に売っているさまざまなものを眺め、充は声を潜めて尋ねた。大智が充の顔を覗き込み、「そんなこと俺言ったか？」と意外そうに言う。

「前、苦手って言ってたじゃん。ま、いいならいいけどさ」

以前大智は水商売の女性が苦手だと言っていたのだが、本人は忘れているようだ。自分の勘違いだったかと思い、充はきょろきょろと周囲を見た。先ほどから気になっていたのだが、もしかしてここはアメ横だろうか？　通りが似ている感じがする。

自分たちの知っている地形と照らし合わせて、周囲を散策した。同じ道も多いはずだが、建っている店がまるで違うので、初めて来た場所にしか思えない。結局また不忍池に戻り、見慣れた風景を見てため息を吐いた。

「それにしても、俺たちってすげぇ幼く見えてんのな。確かにこっちの人って、ちょっと老けてるよな…。髪型のせいかな」

「ああ、まさか成人してないと思われるとは…。少しショックだ」

充は笑い話として話したのだが、大智は少なからず落ち込んでいるようだ。

「とりあえず十九歳くらいの設定ということにしておこう。そのほうがいいだろう」

「昭和三十二年ってどんな時代だっけ。大智、知ってる？」

「なんとなくしか分からない。何しろ俺たち平成生まれだからな」

「だよな…」

改めて世代の違いを痛感し、感慨深くなった。昭和なんて生まれる前の時代はさっぱり分からない。興味もなかったし、何かの番組で見たことがあるくらいだ。

「オイルショックとかそういうのか？　ローラースケート履いてるアイドルとか」

おぼろげな記憶を引っ張りだして口にすると、大智が顔を引き攣らせて近くのベンチに座る。

「お前、いくらなんでもそれは違うだろ。もっと前だよ。昭和三十年代は高度成長期だ。テレビもまだモノクロだし、大体戦争が終わったのが一九四五年だから…ええと昭和二十年、かな？　だとしたらまだ戦争が終わって十二年しか経ってないってことだぞ」

「えええーっ‼」

大智の説明に目が飛びでそうなほど驚き、充は大声を上げた。まさかそんな古い時代だとは思わなかったので、焦って大智の隣に腰を下ろす。多少古臭い服装や髪形をしているものの、ここにいる人たちは着物を着ているわけではない。戦争なんて充にとっては遠い世界の話だ。

「テレビってモノクロだったの？　つうか、戦争終わってまだそれしか経ってなかったんだ。戦争ってあれだよな？　第二次世界大戦とかそういうのだよな？」

「そうだよ。お前……いくらなんでもその程度は知っておけ」

げんなりした様子で大智に窘《たしな》められる。なんとなくしか分からないと言っていたので、大智も自分と同じ程度の認識かと思っていたが、不勉強な自分と違い、よっぽどこの時代を把握している。

「近代史なんてあんまりやらねーじゃん。さすがに俺も、ケータイ持ってても使えねーだろうなってのは分かるよ」

「その時計…」

大智が充の腕を差して険しい顔つきになる。

「隠しておいたほうがいいかもしれない。この時代にあるとは思えない。俺にはよく分からないけど、やっぱりこの時代を変えてしまうようなものは極力隠すべきじゃないかな。どうしてこんなものを持っているかって聞かれても答えられないし…」

「そうだな…。ドラマとかじゃよくあるもんな。あ、そうか！」

腕時計を外しながら、ふと気がついたことがあって、充は大きく口を開けた。

「俺たちって未来を知ってるってことだろ？　やべぇ、いっそ占い師とかやって稼いだ方がもうかるんじゃね？」

「お前、半年後に何が起こるか分かるのか？」

「……分かんないけど。つかオイルショックって言ったけど、年数もよく知らないし」

「だと思ったよ…」

がりがりと頭を掻き、大智がベンチにもたれて空を見上げる。充もつられてみたが、秋晴れの空が広がっていた。こんなことならもっと自分の国に何が起きたか調べておけばよかった。歴史にうとい充と違い、大智はいろいろ覚えているようだが、預言者になる気はないようだ。

「ん、あれ？」

腕時計をポケットに入れようとすると、中に何か入っている。丸い物体をとりだして、充は首をひねった。こんなもの持っていただろうか？　メタリックの直径四センチ程度の球体だ。

「――充、アルト公会堂へ行ってみないか？」

思いついたように大智が告げ、立ち上がった。そういえば大智と一緒に演奏する予定だったアルト公会堂は、この時代に建てられたものだ。

「いいな、行ってみよう」

充は球体を再びポケットにしまい、歩き始めた大智に駆け寄った。

大智と記憶を照らし合わせながら道を辿り、アルト公会堂を探した。どうやらいくつかの道は拡張されたらしく、なかなかアルト公会堂に辿りつけなかった。ひょっとしたらまだ別の建物が建っているのではないかと不安になった頃、それはひょいと現れた。

「うわぁ…これじゃね?」

建設中の建物を見つけ、充は大智と奇声を上げた。数人の大工が辺り一帯に騒がしい音を響かせながら骨組みを造っている。鉋《かんな》で板を削る音、釘を打つ音、大工たちの呼び声、掛け声、怒声。まだ半分程度しかできていない状態だ。おそらく施工してそれほど経ってない——アルト公会堂には何度か行っているが、まさかその建物が工事している場面に出合うとは思わなかった。

「すげーな…」

工事現場には布張りもされていないし、板で覆い隠されているわけでもないので、中は丸々と見えた。子どもたちが板の切れ端を勝手に持っていってしまうのを親方らしき男が怒っている。この時代は管理がずさんなのか、本気で怒っているようには見えない。

不思議な思いでアルト公会堂が造られていくのを見ていると、いきなり背後から肩をぽんと叩かれた。

「君たち、音楽家ですか?」

振り返ると口ひげを生やした紳士がにこにこして充たちを見ている。仕立てのよさそうな三つ揃いに、彫りの深い顔立ち。身長はやや低いが、すらりとした紳士という感じだ。

「あ、はぁ」

「ここは音楽ホールができるのです。音響を考えて素晴らしい音色が響くホールにしようと思っているんですよ。このホールでオペラやオケを演奏するのが私の夢なのです」

紳士は大きく手を広げ、うっとりとした様子でアルト公会堂を見ている。

「楽しみです。早く出来上がらないかと、私は毎日のようにここに通っているのです。私の上野公会堂…完成は年末なんですが」

「えっ⁉　名前が違う！」

紳士の楽しげな口調を聞いていた充は、思わず声を上げてしまった。しまった、と思ったがもう遅く、紳士がきょとんとした顔で充を見ている。横にいた大智が顰め面で充の足を蹴とばし、咳払いして紳士に笑顔を向ける。

「あ、えーと…もう少し別の名前がいいのではないでしょうか？　上野公会堂でもよいですが、内装は洋風なのですから、もっと洋風な名前でも…」

「内装が洋風だと何故ご存じで？」

今度はフォローしようとした大智が、ぽかをやった。充も大智の尻を平手で叩く。もう完成形を知っているので、つい口から情報がこぼれ落ちてしまう。

「あ、いえ、そうじゃないかなと…。なぁ、充」

「そうだね、大智」

笑ってごまかそうとして大智と一緒に声を立てて笑う。紳士は不思議そうな顔をしていたが、ふと思いついた調子で膝を打ち、にっこりとした。

「やぁ、実は私も上野公会堂ではひねりがないかなと思っていたのです。実はもう一つ名前を考えてあるのですよ。アルト公会堂というんですがね…。私はモーツァルトが大好きなんですよ」

口ひげを弄りながら紳士が語ってくれる。アルト公会堂のアルトとは、モーツァルトのアルトだったのか。知らなかった。

「いいですね、アルト公会堂。とてもしっくりきます。きっと何十年も愛されるホールになると思いますよ」

大智が安堵した顔で頷き、紳士を後押しした。充も大きく頷くと、紳士は照れくさそうにもう一度アルト公会堂、と呟いた。

「どうもありがとう。君たちがいつかこのホールで演奏できると嬉しく思いますよ。ええと、ダイチ君とミツル君…」

紳士は充たちの名を呼び、ふいにじーっと充を凝視してきた。やけに見つめられるのでどぎまぎしていると、紳士は何故か目を細めて笑った。

「では失礼」

紳士は充たちに丁寧にお辞儀をすると、建設中の現場に入って行った。危うく変なことを口走るところだった。名残惜しいがそろそろ金原が出社する時間だ。大智とアルト公会堂に背を向けた。

「さっきの紳士がアルト公会堂を造った人なのかな」

歩きながら、いかにも金持ちそうな紳士を思いだし充は唇の端を吊り上げた。

「そうみたいだな。出資者の一人かもしれない。確かアルト公会堂は出資者を募って建てた…とどこかで聞いた記憶が…。俺の思い違いかもしれないが」

「俺たち、本当に演奏できるのかね…。つかアルト公会堂のアルトって、モーツァルトのアルトだったんだ」

名前の由来に感心していると、大智が仰け反ってこめかみを引き攣らせた。

「お、お前、なんで俺たちがモーツァルトの曲を選んだのか、分かってなかったのか⁉」

そういわれてみれば、公演に関しての条件を主催者から受けた際に、曲はモーツァルトで頼みますと言われた気がする。深く考えもせずに曲選びをしていた。

「やー、わりわり。俺の頭の中身には期待しないでくれよ。そんかわり腕は確かだからさ」

顔を引き攣らせている大智の肩に腕を回し、あっけらかんと言う。大智は軽く首を振って、眼鏡を指で押し上げた。

「まったく…本当にお前はいい加減で、だらしないが、バイオリンの腕は確かだよ。それだけは俺も保証する」

苦笑する大智を振り返ると、案外近くに顔があって、少し意識した。さりげなく肩に回した腕を解いて、速足で歩きだす。以前はこんなふうにしょっちゅう寄りかかっていたので、それが出来なくなるのは寂しい。

「金原さん、俺たちのこと雇ってくれるといいな。早く行こうぜ」

充が促すと、大智も急ぎ足になった。無事に仕事先が決まって、どこか泊まれる宿がみつかればいい。すぐに元の時代に帰れるならいいが、そんな簡単にこの夢が覚めるとも思えない。不安は尽きないが、生来楽天家な充はどうにかなるだろうとあまり深く考えていなかった。

銀乃鏡に顔を出すと、真理が金原に話をつけていてくれた。金原に改めて雇ってもらえないかと打診すると、日雇い扱いでいいなら充たちをしばらく置いてくれると言った。銀乃鏡は人気店で、人手は足りない状態らしい。けれど演奏以外に厨房の手伝いもして日当は三百円。そのかわり下宿先が決まるまで、昨日泊まったB室を使っていいという。日当三百円は充からすれば仰天する値だが、この当時の物価から考えればまったくありえない金額でもないそうだ。平均的な日雇い賃金はもう少し高いが、充たちが身元不明というのもあって、金原は安い賃金でいいなら雇うと言っている。

真理は下宿先についても聞いてくれたらしいが、今のところいい場所がみつからないという。会ったばかりで他人も同然の充たちのために動いてくれただけでもありがたい。当座はB室で寝泊まりすることにして、充と大智はこの世界での生活を始めた。

早速働けと言われて、大智と一緒に厨房でじゃがいもの皮むきに励んだ。充は小さい頃から料理を嗜《たしな》むので苦労はなかったが、大智は食事は外食オンリーという男なので、見ているこちらがハラハラする手つきで包丁を動かしていた。厨房での労働の合間に、ホールに出てピアノとバイオリンを弾く。大智はナイフで指先を切ってしまい、ひどくやりづらそうに鍵盤を叩いていた。この日は別の曲を弾いてくれと言われて、メジャーな曲を大智と適当に弾いた。なにしろ楽譜がないから、細かいところは多少アレンジが入っている。大智の伴奏を聴きながら、お互いに「そんな曲だったっけ？」と目を見交わし合い、笑いを堪えながら弾いていた。

B室にはもう一つ壊れたソファを入れてもらい、窮屈《きゅうくつ》な中、とりあえず横になって眠ることができた。真理が別れた男が置いていったという服を充と大智にくれて、しばらくの着替えも手に入れる。

三日、そんな暮らしを続けた朝、大智が辛抱たまらないといった様子で充の腕を掴んできた。

「充、風呂に入らないと気が狂う」

目の下にクマができた顔で大智に泣きつかれ、そういえば自分も匂うなと気がついた。もともとだらしない充は、風呂は気が向いた時しか入らないし、髪も手で梳《す》いて終わりにする。けれど大智は常にきちんとした服装で、清潔なのが好きな男だ。物置小屋みたいな場所でずっと寝泊りするのも本当は嫌だったに違いない。充はどんな場所でもすぐ眠れるが、大智が毎晩寝つけずにいるのも気づいていた。

大智は我慢も限界とばかりに、ぼさついた髪を掻き乱した。

「かゆい。この部屋何かいないか？　俺の神経がぴりぴりしているだけだろうか…。着替えもしたいし、湯につかりたい。いや何よりも身体の垢《あか》を落としたい」

「まぁ、掃除したけどあんま綺麗なとこじゃないよな…埃《ほこり》っぽいし。風呂かぁ。えっとこの時代って家に風呂あるっけ？」

「おそらくある家とない家がある。それより銭湯に行こう。銭湯があるはずなんだ。でもいくらかかるか分からない。お金が足りるだろうか…。ああ、銭湯代に窮する時がこようとは…」

丸二日働いたが、必要最低限の物を買ってしまったので、手元には二人合わせて百円くらいしかない。百円といっても百円札なので、何だか少ない気がしないのだが、充がよく行く天然温泉施設は千円近くする。この時代の銭湯代がどれくらいか知らないが、いささか不安な額だ。

「もし足りなかったら、いっそ不忍池にでも飛び込もう…。もう限界だ」

うつろな目つきで大智が呟く。あんな池に飛び込んだら、それこそ全身異臭を放ちそうだ。大智が見た目以上に疲弊《ひへい》しているのに気づき、充は慌てて慰めながらB室から外へと引っ張りだした。

「姉さん、ちょっといいっすか」

ホールで新人の踊り子を指導していた真理を見つけ、充は声をかけた。最初の日に飯をおごってもらってから、充は真理を「姉さん」と呼ぶようになった。真理は面倒見のいい女で、なにくれとなく充たちを気にかけてくれる。真理は大智が好みらしく、充に対するのと微妙に態度が違う。それもあって充は気楽な気分で真理と接することができる。

「なぁに？　あらやだ、大智、目の下クマ」

げっそりした顔の大智を見て、真理が眉を顰める。真理にも分かるくらい大智はやつれているらしい。

「この辺銭湯ってあります？　風呂に入りたいんだけど、金がなくて。いくらくらいするのかな？」

「は？　銭湯代もないの？　しょうがないわねぇ、これで入っていらっしゃい。場所は今地図書いてあげるわ」

　真理が財布から金を出し、そっと大智に握らせる。さりげなく見ると三十二円が握られていた。この時代の銭湯は一人十六円程度ということか。これくらいなら残っていたのだが、せっかくなのでもらっておこう。

「助かります、真理さん」

　感激した様子で大智が目を見開き、真理の手をぎゅっと握る。まんざらでもない様子で真理が笑い、上機嫌で地図を書いてくれた。真理に指導されている女性は、見た感じが高校生くらいで、顔の造作は整っているが田舎臭い服装を着た子だった。

　銭湯に行こうと思ったが、バイオリンをどうするかでしばし悩んだ。この時代の銭湯に鍵つきロッカールームがあるとは思えない。風呂に入っている間に、万が一バイオリンを盗まれたら大変だ。変な世界に飛ばされて以来、充はバイオリンを肌身離さず持っている。

「姉さん。このバイオリン、俺の命の次に大切だから預かっててもらえます？」

　一番信用がおける真理に頼むと、軽い調子で引き受けてくれた。湯屋はまだ開いてないかもしれないと真理には言われたが、大智が本気で不忍池に飛び込みそうだったので、宥めつつ地図に書かれた銭湯に向かった。銀乃鏡から五分ほどの距離に懐かしい店構えの東湯《あずまゆ》という銭湯があった。高い煙突に男女で分けられた暖簾《のれん》。アミューズメントパークの古い時代のセットでこんな風呂屋を見た気がする。

「まだ開いてないよ」

暖簾をくぐって中を覗くと、タオルを首にかけた目尻にしわがある中年男性が大声を上げた。

「あとどれくらいかかります？　今すぐ入らないと発狂しそうな奴がいるんで」

充が男に聞くと、半纏を着た中年男性は、うーんと首をひねった。

「今から掃除するから、あと一時間はかかるかな」

「じゃあ俺が掃除しますから。一刻も早く入りたいんです。お願いします」

ふだんの大智ならこんなことを言いだすはずはないのだが、よほど切羽詰まっているらしい。思い詰めた表情で掃除すると訴える大智に、中年男性も無下にはできないと思ったのか、どんと胸を叩く。

「そうか、そこまでして早く入りたいというなら、手伝ってもらおうかな」

あれよあれよという間に充まで風呂掃除を手伝うことになり、濡れてもいい格好で男性用の風呂に入り、デッキで床のタイルを擦った。浴槽は温泉地の宿の風呂と同じくらいの大きさで、浴室内の壁には富士の絵が貼られている。壁や床のタイルはレトロな柄だが、毎日たくさんの人に使われているせいか、古く思わなかった。不思議な感じだ。充の家の近くにも銭湯はあるが、ほとんど寂れていて、客も少ない。この時代はまだ風呂つきじゃない家が多いのだろう。

浴槽やタイル、排水溝を洗い、きれいな水で汚れを流す。三十分程度で風呂掃除が終わり、先ほどの中年男性がこれから井戸水を湧かすという。ちょっと見せてもらうと薪《まき》をくべていて、カルチャーショックを受けた。

「おまっとさん、一番風呂どうぞ」

番台に中年男性が入り、充と大智は脱衣所のかごに衣服を脱いで、風呂に急いだ。

大智は脱兎《だっと》のごとく飛び込み、石鹸《せっけん》で髪を狂ったように洗いだした。シャンプーなど持ってないから石鹸で何もかも洗うしかない。粉末のシャンプーがあると真理に聞いたが、まだ買う余裕がないのだ。

そういえば大智と一緒に風呂に入るなんて初めてだ。大智は自分が好きらしいし、もっと意識してもよさそうなものだが、大智自身が汚れを洗い流すことしか頭になくて、まったく気にならなかった。充は小さい頃から大勢で風呂に入るのに慣れている。養護施設で育った充は、物心ついた時から何をやるにしても誰かが傍にいた。

「ああ…俺は今天国を見ている…。これが極楽という奴なのか…」

頭から爪先まで綺麗にして湯船に浸かると、大智がうっとりとした声で呟いた。綺麗好きの大智にはここ三日の暮らしはつらいものだったに違いない。あまりに至福という顔をするのでおかしくてしょうがなくて、充は肩を揺らした。

「よかったなー。俺、汚くても平気だからお前が耐えてたのぜんぜん気づかんかったわー」

お湯で顔を濡らし、充は湯気が充満している浴室内を見渡した。木造建築の銭湯は、どこか温かみを感じる。水はかすかに嫌な匂いがするものの、やわらかく、ぬるめの温度がちょうどいい。

「うー…風呂に入ったら、猛烈に眠くなった」

風呂から上がると、大智は目を擦りながらタオルで髪を拭いた。眼鏡を装着して、一息ついている。濡れた髪はドライヤーがないから、自然乾燥を待つしかない。大智はけっこう着やせするのか、脱ぐといい体つきをしていた。肩幅が広くて、綺麗な背中をしている。充は全体的に細いので、大智の肩から二の腕が羨ましかった。

「お前、いい身体してんなー」

つい気楽な口調で大智の肩を揉んでしまうと、びっくりした顔で大智が飛び退った。

「な、なんだ？」

「いや、なんだって…。そんな嫌がることねーだろ」

大智は今までのくつろいだ雰囲気が消えて、落ち着かない様子で衣服を身にまとい始めた。いきなり肩や腕に触ったのがまずいのだろうか。腑に落ちない思いで充も着替え、濡れた髪をタオルでごしごしと乾かした。

「これお礼」

番台にいた中年男性が、牛乳瓶を二本持ってきて充たちにくれた。礼を言って受けとり、ベンチで飲もうとした。ところが牛乳瓶の蓋が上手く外れなくて、大智と四苦八苦した。紙でできた蓋は初めてだ。充は蓋を中に落としてしまい、がっかりしながら掬いだした。大智は時間をかけて器用に蓋をとり、嬉しそうに飲んでいる。紙パックよりビンのほうが美味しい気がする。

「すごく眠い…」

牛乳を飲み終わってしばらくすると、また大智が眠気を催してきた。ビンを返して大智と一緒に生乾きの髪のまま銀乃鏡へ戻った。目の下にクマができていることといい、もしかしたら大智はこの時代に来てからろくに睡眠をとれずにいたのかもしれない。

「仕事の時間まで寝てたら？　起こすからさ」

充がそう告げると、大智はよろよろした足どりで頷いて部屋に戻った。大智はあくびを連発しつつ毛布をかけてソファに横たわる。そして、ものの数秒で寝息を立てた。険がとれた大智の寝顔を見て、充は口元に笑みを浮かべてもう一枚毛布をかけてやった。


生きることで精一杯の日々を送っていた充たちに、休日がやってきた。銀乃鏡は水曜日が定休日で、充たちが初めて演奏したのが木曜日だった。六日間連続で昼から深夜過ぎまで働き続け、すっかり疲弊していた。そもそも充たちは音楽活動ばかりしていたので、肉体労働に慣れていなかった。真夜中過ぎまで働くのも含め、労働ってこんなに大変なのかと身に染みた頃だ。

初めての休日、充と大智は起きるなり自分たちが落ちてきた場所へと向かった。

この時代に来てから、もう一週間が経っている。

「俺たち、ぜんぜん帰れないな…」

改めてとんぼが飛んでいる公園を見渡し、充はため息を吐いた。最初は何かの悪夢としか思えなかった状況だが、日が経つにつれまったく戻れる片鱗《へんりん》もなく、焦りがピークに達していた。楽観的だった充でさえ焦燥感《しょうそうかん》を覚えているのだから、繊細な大智が平然としているわけはない。日々やつれていく大智は心配になるくらい落ち込んでいる。

「これって現実なんだよな…。毎朝起きるたび、夢だったんじゃないかって思うんだけど」

大智が伏し目がちに呟く。

「俺たち本当に帰れるのかな…」

最悪の事態を考えたのか、大智の声がいつもより低くなっていた。

「帰れるだろ。多分…なんでこうなったのかもよく分かってないけどさ…。でも俺たちこの時代の人間じゃないじゃん。そんな奴がいちゃまずいだろ」

「俺たちがいなくなって、皆どうしてるんだろう。それに公演も……せっかくお前と同じ舞台に立てると思ったのに…」

「諦めんなよ。帰れるよ、きっと」

すっかり悲観的な大智をなんとか慰めようとして、充は肩にかけていたバイオリンをケースごと手渡した。大智は無言で受けとり、バイオリンをとりだすと、いつものように弾き始める。変な場所に飛ばされてしまったものの、充も大智もバイオリンの練習は欠かさない。銀乃鏡でも弾くが、それだけでは足りなくてこうして人けのない場所で練習している。一心不乱に弾いている大智は、最初充のバイオリンが弾きづらそうだった。バイオリンは長く同じ人間が使い続けるのでそれぞれ個性が芽生えると充は思う。弾けば弾くほど深みを増すのがバイオリンという楽器のいいところだ。苦悶の表情で弓を操る大智を見ていたら、変な話だが同情心が湧いて思わずぽつりとこぼしてしまった。

「……俺を助けなきゃよかったんだよなぁ」

嫌味で言ったわけではなく、客観的な意見を言っただけなのだが、それを耳にしたとたん、大智は険しい形相で弓を止め、充を睨みつけてきた。

「二度と言うなよ！　そんなこと！」

本気で怒鳴られ、充はどきりとして背筋を伸ばした。大智は怒りを露《あら》わにして、じっと充を見据えると、再びまたバイオリンの練習に戻る。

気がすむまで練習をこなした大智がバイオリンを充に返してきた。充はバイオリンを受けとりながら大智の強張った顔を見つめた。

「……ごめん」

小声で謝ると、大智の眉間のしわが少しだけとれる。それから今度は充が好きなだけバイオリンを弾き続けた。弾き終える頃には汗ばんでいて、心地いいくらいだった。今は発汗しているが、この寒さではすぐに身体が冷えてしまうだろう。

充の練習が終わり、なんとはなしにまた不忍池に向かった。行くところがないと充も大智も不忍池に足を向ける。ここだけはあまり変化がなく、充たちの知っている場所に非常に近かった。葦の群生や水鳥を見てホッとする日がこようとは。

「……あのな、もしも、だけど」

憂えた表情で碧色の水面を見つめていた大智が言いづらそうに切りだす。

「何?」

「もしも…帰れなかったら、お前どうする?」

とんでもないことを大智が言いだして、充は息を呑んだ。これまで懸命に考えないようにしてきた問題だ。いつか帰れると思っているからこの状況に耐えられるだけで、このまま永遠にこの時代で生きることになったら――。

「分かんね…。お前はどうするんだよ」

「俺だって分からないよ。でも……でも俺は、もし帰れなかったら――金原さんには感謝してるけど、酒場で弾くのは嫌なんだ」

一人で悶々《もんもん》と考え込んでいたせいか、大智は自分の気持ちを伝えるのにいつもより時間がかかった。充はハッとする思いで大智を見やり、ぼりぼりとうなじの辺りを掻いた。大智は音楽一家に生まれて、小さい頃からコンクールや舞台に立ってきた。今回のように聴いているのかいないのか分からないような聴衆の前では弾いたことがない。充は留学している時に路上で演奏したり、酒場で弾いたりしていたのであまり抵抗がなかったが、大智にとって音楽はちゃんとした状態で聴くものなのだろう。音楽に対するとらえ方や価値観は人さまざまだ。大智がそう思うのも無理はないと感じた。

「でも……ここじゃ俺たち経歴なんて言えないんだぜ。大きな賞とったっていっても、それを言ったらガセ扱いだろ。履歴詐称《りれきさしょう》っての？　どこのオケにも入れないぜ」

大智は地元の県のオーケストラでコンマスを務めていた。それだけの地位に登りつめたのだからこの時代でも、第一線で活躍したいのだと思った。――ところが、大智の考えは充の思いもよらなかったものだった。

「違う、音楽をやめるって選択」

口に出すのもはばかられる言葉を紡いだ大智の顔は、ひどく真面目だった。充は耳にした言葉が信じられず、一瞬だけ呆気にとられた。けれどすぐ険しい顔つきになり、大智の肩を強く掴んだ。

「馬鹿野郎、そんな真似させるかよ！」

気づいたら怒鳴っていて、今度は大智が呆然とした顔になった。自分でもよく分からないのだが、大智が音楽を捨てると言った瞬間、たとえ嘘でも許せないと憤慨した。

「わり…怒鳴って。でも駄目だ、そんなことするなよ！　お前が音楽をやめるなんて、ありえないだろ⁉　それだけは絶対駄目だ！」

怒鳴った自分を恥じたが、充は強い口調で大智に告げた。大智は戸惑った顔で充を見返し、視線を地面に落とした。

「お前がそんなに強く反対するとは思わなかった…。悪かった、今のは聞かなかったことにしてくれ」

大智が自分の意見を引っ込めてくれたのは安堵したが、それでも大智の中に音楽をやめるという選択肢があったことに驚きを禁じ得なかった。大智は音楽をするために生まれてきたような奴だと思っていたから、別の道を考えたことがあったなんて信じられない。この世界に迷い込んでまだ一週間しか経ってないのにそんな意見を出すくらいだ。これまでにも大智の頭の中に音楽をやめたら、という考えがあったということだろう。

変な話だが、大智に裏切られたような気分になっていた。

音楽の才能に恵まれ、それを糧とできる喜び。大智はそれを誰よりも心得ている男だと思っていた。同じ頃に頭角を現した相手として、充はずっと大智を意識の中においていた。音楽以外をやる道がなかった充にとって、音楽一家に生まれ、音楽家になるのを望まれた大智は、どこか似通った点があると勝手に思っていたのだ。その大智が自分と違い、別の道を歩きだすことが可能だというのは、言葉に言い表せない苛立ちや動揺があった。

自分は生きるために音楽をやり続けるしかなかった。それ以外に生きることは許されなかった。――――大智と自分は違う。

「あらぁ、どうしたの二人とも。暗い顔して」

言葉もなく上野界隈をさまよっていると、露店の老人と楽しげに会話していた女性が充たちに気づいて手を振った。いつもと髪型や化粧が違うので分からなかったが、真理だった。数日前見た田舎くさい女の子と一緒に買い物に来ているようだ。籐で編んだカゴを腕に下げ、野菜を買い求めている。今日は非番とあってか真理はノーメイクで、いつもよりよほど綺麗だった。

どうも充はこの時代の女性の化粧に慣れなくて、いっそすっぴんのほうが綺麗に見える。

「姉さん、買い出しですか？」

真理を見て気がまぎれるのも不思議な話だが、なんとなくホッとした気分で声をかけた。

「そうなの。それにしてもあんたたちって、いっつも一緒なのね」

真理が並んで立っている充たちを見て、呆れ顔で笑った。言われてみると、この時代に来てからトイレ以外はほとんど大智と一緒にいる。お互い、一人になった時に相手が消えてしまうのが怖いからだ。そんな理由は真理には分かるはずもないから、考えてみれば異様なほど仲のいい二人に見えるに違いない。

「うふふ、あたしね、炊飯器《すいはんき》買ったのよ。あんたたちも食べにくる？　今夜は美和《みわ》も一緒なのよ」

真理がうずうずした様子で囁いてきた。田舎臭い子の名前は美和というらしい。真理は目がきらきらしていて、自慢げだ。炊飯器を買うのがこの時代にはそんなに高価なのだろうか？

「すごいですね、ぜひ食べさせてください」

横から大智が感心した声で真理と話している。どうやら炊飯器は高価なものらしい。充も適当に調子を合わせてご相伴に預かることにした。この時代に来てから知ったことだが、大智はけっこうちゃっかりしている。自分たちがいた時代ではおごるほう専門だったが、ここに来てからはチャンスがあればすかさず飛びつく。プライドが高い人間だと思っていたので、意外な気がした。

四人で真理のアパートに向かった。真理の住まいは木造長屋だ。狭いしトイレは共同だが、部屋は片づいているし、清潔にしていた。部屋をぐるりと見て驚いたのが、冷蔵庫が木だったことだ。電気冷蔵庫は高くてまだ買えないと真理は言う。真理はナイトクラブで働くくらいだから、さぞかし遊んでいるのかと思ったのに、話を聞くと田舎の家族に仕送りをしているため、それほど贅沢はしていないという。美和も同じような状況で、郷里の妹や弟を養うために、上京してナイトクラブで働いているという。

「まんず、しょうがねぇっす」

物静かだと思っていた美和は、単になまりがひどいのでしゃべれなかっただけだった。金原から徹底的になまりを指導されているそうだ。充は可愛いと思うが、銀乃鏡では洗練された女性というのを売りにしているらしく、なまりを直すまではホールに立つのを禁じられているので、掃除や皿洗いといった下っ端の仕事ばかりやらされているそうだ。本人は早く卒業したいと言っている。

「ほら、できたわよ。すごいわ、こんな簡単に炊けるなんて」

炊飯器で米を炊いた真理が嬉々として皿によそっている。懐かしい形の炊飯釜だった。ボタンも一個しかない。

真理の作った食事をいただきながら、あれこれとこの辺りの話を聞いてみた。真理は時々充たちの質問を不思議そうな顔で答えてくれる。何故そんなこと知らないの？　と言いたげな顔をするが、真理はいつも生真面目に答える。

まだ一週間しか過ごしていないが、日々驚きの連続だった。銀乃鏡で出たごみを大八車《だいはちぐるま》でとりに来たのはさすがにびっくりした。この時代の車は高級品で、道路もそれほど渋滞していない。むろん清掃車などないから、人力で一件一件ごみを回収して回っているのだ。バイオリンを弾くのに爪が伸びてきて、爪切りを貸してくれと店の人間に言ったら、ニッパーみたいなものを渡された時も驚いた。充は読みづらいから読まないが、大智は銀乃鏡で過ごすようになってから毎日新聞を借りて読んでいる。

洗濯は洗濯板で手洗いだし、トイレは汲みとり式、風呂は薪をくべ、テレビはない家が多く、あってもモノクロだ。文明の進歩のすさまじさを体感した。

日本が形作られている時代――というと大げさかもしれないが、自分が普段何気なく使っている物の原型を次々と見せられているようで感慨深い。

「そういえば、この前一緒に踊った人が、あんたたちの演奏褒《ほ》めてたわよ」

ちゃぶ台を囲んでお茶を飲みながら、真理が思いだしたように言った。充も大智も褒められて悪い気はしなく、素直に礼を告げた。

「今度ひばりちゃんでも弾いてよ」

クラシックにはうといという真理が大智におねだりしている。

「ひばり……ひばり？」

大智はひばりが誰だか分からない様子で考え込んでいる。横から充が小声で「美空じゃない？」とフォローすると、大智は目を見開き真理に向かって首を振った。

「いや、聞いたことないんで」

「えーっ、ひばりちゃんを聞いたことないなんて、嘘でしょ？　嘘、嘘。非国民よ」

「塩酸かけられて大変だったっす。田舎者のおらだって知ってるっす」

美和まで憤慨している。大智が助けを求めるように充を見たので、うーんと唸り声を上げた。

「俺も川の流れがどーしたこーしたって曲しか知らねーな…」

「それは俺もサビだけ知っているが、多分まだ発表されてない」

ここぞこそと大智と話していると、真理が馬鹿にするように笑った。

「あんたたちってホント何も知らないのねぇ」

真理に笑われてカチンときたのか、大智がちゃぶ台に手をついて身を乗りだす。あやうくちゃぶ台が引っくり返るところで、慌てて反対側を押さえた。

「聴けば耳コピできるんで、聴きます」

馬鹿にされたのが腹立たしかったのか、大智がめらめらと闘志を燃やして宣言する。

「みみこ…？　よく分かんないけど、ラジオでも聴く？　この時間なら何か流れてるわ」

真理がラジオをとりだし、チューナーを合わせて放送を流してくれた。耳障りなノイズが混じっていて聴きとりづらいが、ちょうど真理の好きな曲が流れてきたので、充も一緒になって聴いた。真理が曲に合わせて歌いだそうとすると、大智が人差し指を立てて「しっ。静かにして」と咎める。真理のムッとした表情がおかしくて笑いだしそうになったが、完璧に曲を弾くためには間違った音程を歌われてはまずいからしょうがない。

この年代の曲はどれも懐かしい哀愁漂うメロディだ。リズムがゆったりしているし、歌詞が聴きとりやすい。改めて聴いてみると、ひばりは非常に上手い歌手だった。

「今の曲のタイトルは？」

大智は真剣な表情でタイトルと曲を暗譜している。この調子では一緒に弾けと言われそうで、充も音符を辿りながら聴いていた。

夜が更けたので充たちは真理の長屋を後にして、街灯の少ない道を大智と肩を寄せ合って帰路についた。

真理たちのおかげでぎすぎすした雰囲気がなくなったのは助かった。怒鳴り合ったりするのは、充も大智も精神的に追い詰められているからだ。このままこの時代に残されて帰れなくなったらどうするのか。そんな恐ろしい不安が頭をもたげている。充たちはこの世界の人間ではないから、戸籍もないし生きてきた軌跡もない。知り合いも縁故関係もないし、本気で頼れる人がいない。まるで犯罪者のようだ。名前を変えて逃亡者みたいな暮らしをして、最終的にはどうすればいいのだろう。

ぼんやりと埒もないことを考え続けていると、ごみ箱の影に柴犬が丸くなっているのが見えた。野良犬だろうか。マナーが確立されていないこの時代、驚くほど放し飼いの犬がいる。

「……なぁ、大智。お前、音楽を捨てて、何をやりたかったんだよ」

昼間に話した時は許せない気持ちが強くて怒鳴る一方だったが、時間が経つにつれ大智の真意が知りたくなった。充の問いに大智は戸惑った顔つきで振り返り、目を伏せた。

「捨てるっていうか…、そういう人生もありかなってよく考えるからさ…。ふつうに会社員とかしてみたいと思ったことないか？　プレッシャーとかストレスとかかかると、俺なんかしょっちゅうそんなふうに考えちゃうけど」

「会社員だってストレスあるだろ」

「だから、うーんつまり頭を使わない仕事。……肉体労働とか工場で働くんでもいいな。もちろん現実じゃ、怪我でもしない限り音楽は捨てないよ。でも俺は、けっこう現実逃避するタイプだから、こんな状況になって、神様がそんなチャンスをくれたのかなと思って」

大智はぽつぽつと赤裸々な思いを語ってくれた。コンマスという地位はそれだけ重責を担うということなのかもしれない。いきなり怒鳴ったりして悪かったなと反省し、充は頭を掻いた。一方で大智がこれをやりたいという明確な職種があったわけではないと知り、ホッとしていた。現実逃避という意味でなら確かに充も考えたことはある。

「お前、ストレスとか他人に言わないもんな…。まぁオケの奴らには言えないか。お前が音のリーダーみたいなもんだし」

大智は自分には明かす本音も、他人にはあまり言わない。充には言いやすいと以前言われたことがあり、内心嬉しかったのを覚えている。

「メンバーをまとめているのは田中さんだよ。音に関しては確かに俺がやってるけど」

誤解されては困ると思ったのか、大智が訂正する。田中は大智の所属するオケの一番年配の第二バイオリンだ。大智が弱い部分をさらけだせないのは、きっと一番若いのにコンマスという立場にいるからだろう。コンマスでなければ弱音を吐いても、周囲の皆は受け入れてくれる。けれどオーケストラの要《かなめ》の立場についた以上、大智はいつでも毅然《きぜん》としていなければならない。そう考えれば、大智が音楽以外の道を妄想するくらい仕方ない気がしてきた。

「そういう意味じゃ音楽を捨てられなかった新城さんは、特別だよな。お前は俺が新城さんみたいに腕を怪我しても続けると思ったって言ったけど――」

ふとアルト公会堂でトリを務める新城を思いだし、充は目を細めて言った。すると大智が不可解な顔で充を見つめ返す。そういえばこの会話は、今の大智とはしていなかったのだと気づいた。あの後はどう死んだんだっけ…。充は記憶があいまいで思いだせないまま、大智にこういう会話をしたのだともう一度くり返した。

「確かに俺が言いそうだな…。うん、俺はお前は新城さんみたいに怪我をしても音楽をやり続けると思っている。いいかげんでだらしなくて、何をやっても適当なお前が、音楽に対する姿勢だけは真摯じゃないか」

大通りに出て、車のライトや人の姿が見え始めると、急速に安心感が生まれる。この時代の暗い夜道は、寂しくて孤独を感じるから好きではない。

「まぁ俺は音楽以外、とりえもねーしな…。つかお前、銀乃鏡で肉体労働しんどそうなのによく工場で働くとか言えるな」

わだかまっていた心がほどけて、充もいつものような軽い口調に戻すことができた。大智は眼鏡を指で押し上げ、憮然とした顔で口を開く。

「だってこの時代の事務ってそろばんとかだろ？　そろばんなんて触ったこともないよ。パソコンならけっこう資格は持ってるんだが、まだ普及されてないだろうし。俺の知識は、この時代じゃまったく無用の長物だ」

「出たよ、インテリバイオリニストが」

充が笑うと、大智も砕けた表情になってズボンのポケットに手を突っ込む。風が吹いてきた。九月末は充の時代ならそれほど寒くはないが、こちらは木枯《こが》らしが吹いている。

「銭湯、行くか？」

いつもは店が始まる前にしか入れないが、今日は休みなので、夜に入れる。少し速足になって充が誘うと、急に大智がそれを制止した。

「あのな、充。前から言おうと思ってたけど、別々に入らないか？」

大智が困った顔で言いだしたので、充は目を丸くして首をひねった。

「なんで？」

「ほら、別々に入れば、バイオリンを見ていられるだろ？　いちいち預けないですむし」

「あ、そうだな」

大智の提案はもっともだと思い、充は大きく頷いた。そしてからかうように大智に笑いかける。

「なんだ、俺はてっきり俺の裸を見るとむらむらくるからかと思ったよ」

何言ってるんだ、という反応を期待して言った軽口に、大智が頬を朱に染めて対応する。さすがに充も笑いを引っ込め、赤くなった大智を見つめた。大智は反論したいかのようにわなわなとしたが、何も言わずに目を逸らした。どうやら冗談で言ったのが当たってしまった。

「あ、わりぃ。……マジだった？」

大智はぷいと顔を背け、荒々しい足どりで歩きだす。急いでその後ろを追い、充は両手を合わせた。

「ごめんって。だってお前、告白した後もフツーだからさ、もうてっきり…」

これまで同じ部屋に一週間いても、大智は充に対して邪《よこしま》な行動に出たことはない。風呂に入っている時もじろじろ見るのは充ばかりで、大智は眼鏡をしてない上に視線をずらしている。だからもう告白は過去の話と思い込んでいた。

「それじゃいちいちお前に浮ついた台詞でも口にすればいいのか？　お前は本当に無神経だよ。大体な、あのキャバ嬢が苦手だって話……思いだしたよ」

大智は詰《なじ》るように充を見やり、不満を言い始める。大智と肩を並べて歩き、充は頭を掻いた。

「え、何？　キャバ嬢？」

「俺がキャバ嬢が苦手って言った時の話だよ。去年の飲み会の席での会話だろ？　あのなぁ、好きな子がいるのに、そいつの目の前でキャバ嬢が好きなんて言うか？　言わないだろ？　だから俺は水商売の子が苦手なわけじゃないんだ」

つらつらと文句を言いだす大智は、子どもっぽく見えて可愛かった。どうやら真理と知り合った際に、大智に水商売の子は苦手なんじゃないかと聞いた件について釈明しているらしい。

――とすると好きな子というのは、自分か。

「うわぁ…。お前、俺ぜんぜん気づいてなかったぞ。虚しくね？」

あの時の会話にそんな意味があったなんて知らなかった。素直に大智は水商売の子が苦手なのだとインプットしていた。

「虚しいよ、本当に…」

じろりと充を睨み、大智がため息を吐く。

「つうかさ、大智お前、俺のどこがいいわけ？　ぶっちゃけ顔以外、惹かれるとこなくね？」

ポケットに手を入れ、充は調子に乗って大智に話を振った。大智が自分を好きなことは知っているが、どうして好きなのかはずっと謎だった。大智は清楚《せいそ》な美人がタイプだと思っていたので、自分とはかけ離れている気がする。

「そんなことはない。お前の音楽は……好きだ」

視線を地面に落として大智が告げる。

「最初は音楽に惹かれた…自由奔放で、それでいてどこか寂しい感じもして…次に何をやりだすか分からないところも気に入っている。俺にとって音楽はその人の人生観だから、お前に惹かれるのは当然なんだ」

てらいもなく大智に褒められて、充はかすかに顔を赤らめた。大智の口からそんなふうに手放しで褒められると、非常に落ち着かない。

「それに……お前は危なっかしくて放っておけない。俺がいつもお前の心配をしているなんて、お前は知らないだろう」

確かに知らなかった。でもどこかで気づいていた気もする。だからこそ大智に叱られたりうるさく言われたりしても嫌いになれないのだ。根底に愛情があるのが分かるから。

「わー、恥ずいな。サンキュー。俺も大智の音は好きだぜ、相思相愛だな」

照れくささを隠すためにわざと明るい声で言うと、ムッとした様子で大智に手首を掴まれた。

「わっ」

掴んだ腕を路地のほうに引っ張られ、充は体勢を崩した状態になる。大智はおかまいなしに充を路地裏に引っ張り込み、珍しく怖い顔で見据えてきた。

「およよ」

大智の迫力に気圧されて充が首を引っ込めると、両方の手首を掴まれた。

「あのな、お前がそんな態度だから、俺は諦められないんだろ。気がないなら、はっきりキモいって断ってくれよ」

少し怒った声で迫られ、充は掴まれた腕を揺らして、うつむいた。握られた手にはけっこう力が入っていて、簡単にはほどけない。

「キモくねーのにキモいとか言えねーじゃん…。そんなんだったらとっくの昔にお前と距離を置いてるよ。ってこの話は前にも言っただろ」

「じゃあキモくなくてもいいから、俺が諦めるような態度をとってくれよ。お前がそんなだから諦められずに悶々とするんだよ。あのな、俺は言っておくけどお前とその……、口では言えないようなこと、いろいろ考えてるんだからな？」

　露骨な台詞は言えないのか、大智は頬を赤らめてもどかしい思いを告げる。大智の言い分も分かるが、きっぱりと大智を振る気分にはなれなかった。この時代に二人だけというのもあるが、大智に好かれている今の状態は嫌いではないからだ。考えてみれば、大智の気持ちに気づいてから自分はずっとそうやってどっちつかずの状態を保ってきた。大智の興味が自分にあるのが、心地よかった。

　確かにこれは生殺しだ。自分勝手な思いで、大智を振り回している。

「……わーったよ、じゃあ」

　再び怒鳴りだしそうな大智を見ていたら自分がどうすべきか分からなくなり、充は思い余って身を乗りだし、大智の唇にキスをした。

　大智の反応は激しかった。痛いほど掴んでいた手が、パッと離れ、真っ赤になって充から飛び退る。

「な、な…っ」

　口を押さえてパニックになっている大智を見ているのはおかしかったが、ここで笑ったらからかわれていると思われるのでぐっと堪えた。

「お、お前…っ、なんで…っ？」

「だから譲歩したんじゃん。お前はそう言うけど、突き離せねーし。突き離したらこっちもダメージ食うし。だからちょっと譲歩してみた。これで許してくれ」

充のほうは平然としているのに、大智のほうはかなり頭がこんがらがったみたいで、口を押さえたまま右往左往する。動揺する大智に、充が「帰ろうぜ」と促すと、ふらふらした足どりでついてきた。たかが軽いキスくらいでこんなふうになるなんて、やっぱり大智は純情だ。

「み、充、その…あの、キスはいいってことか？　もっと、その…」

「キス以上は駄目。なんかこえーもん。でもさ、ホントのところ、俺やっぱお前のこと離せないんだよな。キスだって平気でできるくらい、お前のこと気に入ってるつーか…」

「充……」

ようやく顔の火照りが治まったのか、歩道を歩きながら大智が頬をごしごしと擦る。

「どうするんだ…。ますます諦められなくなってきたじゃないか…」

「わりーけど、しばらく俺に振り回されてくれ、な」

大智の肩をポンと叩き、充があっけらかんと言うと、顔を引き攣らせて大智が身を引く。

「お前、悪魔か…」

「そこは小悪魔だろ」

いつものように馬鹿な言い合いをして、充たちは銀乃鏡へ戻っていった。変な状態になってしまったが、心の赴くままに出した答えが現状維持なのだからしょうがない。もしかしたらこれもやがて消える夢かもしれないが、充は大智の横顔が落ち着いたのを見て、安堵している自分が不思議でならなかった。

十月四日にソ連が人類初の人工衛星スプートニク一号を打ち上げた。新聞やラジオでも大きくとり上げられ、充は大智と一緒に感慨深い思いを共有していた。

「まだソ連かぁ。俺、これはなんとなく記憶にあるな。犬のっけて宇宙いっちゃった奴だろ？ひでーことするなって覚えてるぞ」

充たちが居座っているB室には最近ラジオが増えた。金原がお古をくれたので、暇さえあればこの時代の知識をとり入れようと思い聴いている。

「それは多分二号だ。ライカ犬だろ？」

充よりよほど記憶が確かな大智に訂正され、うっかり口走らないようにと念を押された。

最近バンドマンが銀乃鏡を辞めて、充たちは閉店まで演奏するようになっていた。その分厨房での仕事がなくなったので身体は楽になったが、客からのリクエストを受けなければならない時もあり、なかなか大変だ。真理に最近流行っている曲のレクチャーを受けてから、充たちは昔懐かしい曲をいろいろと演奏している。アレンジは充の得意分野なので、流行りの曲を好き勝手に弾いていた。ピアノで伴奏している時の大智は、充を引き立たせるように控えめに弾くので、充もピアノを担当する時はそうしようと思うのだが、いつもついつい先走って自分のペースに大智を巻き込んでしまう。不満な様子ながら大智はとりあえず合わせてくれるが、たまに譲れない線があるらしく、そういう時は充も大人しく大智に合わせている。

昭和三十二年という縁もゆかりもない時代に迷い込んで、不安や焦り、苛立ちはあっても、充は大智と一緒に毎日曲を奏でていられるのが嬉しかった。大智はオケの一員なので、こんなふうに毎日一緒に弾けることなどめったにないのだ。

そんなある日、金原から呼びだされ、充と大智は支配人室をノックした。

「失礼します」

どうぞの声の後、中に入ると、金原の向かいにパーマをかけて三つ揃いを着た五十代前後の男性がいた。手には精巧な彫りの馬の頭がくっついた杖を持っている。

「ああ、来たか。紹介しよう、杉井《すぎい》さんだ。貿易商を営んでいる、まぁいわゆる金持ちだ」

身もふたもない言い方で金原が杉井という男を紹介してくれた。杉井は機嫌の良い顔つきで充たちを眺め、握手を求めてくる。

「はぁ…どうも」

順番に充と大智が握手すると、杉井はにこにこして口を開いた。

「どうも、杉井です。いやぁ実はこの店にたいそう才能のあるバイオリン弾きがいると聞きましてね。昨夜聴きにきたわけですが、一人と思いきや、お二人とも実にすばらしい！　一体どこでバイオリンを習ったのですか？　金原さんにお聞きしたところ、田舎から上京して持ち物いっさいがっさい盗まれたというじゃありませんか。なんともやるせない話ですな、どうでしょう、私は力になれると思いますよ。聞けばこの店の物置小屋に寝泊まりしているとか？　一度自宅へいらっしゃいませんか？　私の家は部屋も余っていますし、しかも離れがあるので、お二人の下宿先としても最適だと思いますよ」

紳士は興奮した様子でまくしたてる。なんだか非常にいい話の匂いがする。充は大智と顔を見合わせ、ついで金原に目を向けた。

「杉井さんはバイオリン好きで有名でな。下宿先を探していたお前たちにはちょうどいいと思って」

「すごく嬉しいです！」

Ｂ室から早く出たいと常々言い続けていた大智は、チャンスとばかりに金原の手を握り、目を輝かせた。

「ぜひお願いします、本当にお願いします！」

すごい勢いで訴えたせいか、杉井が目をぱちくりとしている。充も急いで笑みを浮かべ、「よかったら下宿させてください」と言葉を添えた。杉井は面食らった様子ながら頷いた。

下宿させてくれと頼み込んでくる充たちに、詳細も聞かない上に、部屋を見る前から
「ではこれから一緒にいらっしゃいませんか。下宿代の代わりに、私が開いているお茶会で曲を演奏してくだされぱいいですから。もちろんお茶会がない日は、ここでの仕事を続けて下さって構いません」

「神よ…」

大智が感激して目を潤ませている。演奏代で下宿代を無料にしてくれるのは非常に助かる話だった。いくらお茶会を開くと言っても連日やるわけでもないだろう。暇な日はここで働けば、

給料も入る。

金原の許可が出て、杉井の自宅に招かれることになった。店の前に停まっていた自動車に、大智はご満悦だ。運転席には白い手袋をはめた運転手がいて、杉井が本当に金持ちらしいと充たちは興奮した。

「音楽の才能のある若者を育てるのが私の趣味なのです。パトロンと申しますかね。あなたたちはお互い違う個性を持っているが、両方とも素晴らしい逸材であることには違いありません」

排気ガスをまき散らして車が出ると、杉井がしたり顔で告げた。育てると言われても実はこちらはもうすでに育っている状態なのだが、気分を害すのはよくないと黙って頷いておいた。

「お二人は一緒に上京してきたとか…？」

杉井に聞かれ、大智が警察官に聞かせた話を再度繰り返した。両親の反対を押し切って、家出同然で新潟から出てきた――あまりくわしく話すとぼろが出るのが分かっているので、大智はさらりとしか話さない。郷里に新潟を選んだのは大智の祖父母が新潟に住んでいて、土地勘があるからだ。

「充とは友達でライバルです」

神妙な顔で大智が告げ、充も照れながら首を縦に振った。改めて口にするとライバルなんて照れくさい。

「いいですねぇ、二人で切磋琢磨《せっさたくま》して音を磨いているというわけですね」

大智の好青年といった姿は杉井のお気に召したらしい。深く素性を問い詰めることもなく、鵜呑みにしている。ただどこで音楽を習ったかについては、下宿先になる以上嘘はつけなくて、充と大智はウイーンに留学していたことを語った。

「おお、ウイーンに！　金原さんが言ってましたよ。おそらく二人ともぼんぼんであろうと。海外に留学できるほどだ、金原さんの見立ては間違っていなかったようだ。何が理由で家を飛び出したのか知りませんが、若いのだから冒険も必要ですね。けれど落ち着いたら親御さんにちゃんと連絡を入れてくださいよ」

杉井に親のような顔で説かれ、またもや家出した子どもと間違われているのに愕然とした。充の童顔が原因だろうか。

車は舗装されていない道をゆっくりと走り、やがていかにも高級住宅地に入り込んだ。なんとなく標識を見ていたので気づいた。この辺りは金持ちの住まう田園調布《でんえんちょうふ》ではないか。

「さぁ、もうすぐ屋敷ですよ」

助手席の杉井に声をかけられ、視線を指さす方に向けると、高い門構えの立派な邸が現れた。これは想像以上に金持ちだ。運転手は門の前で一旦停止して、何故か一度車を降りた。どうしたのだろうと思いその背中を追うと、手動で門を開けている。

「この時代、これだけ金持ちでもやっぱ手動か」

大智の耳に囁くと、肘鉄《ひじてつ》を食らった。目が吊り上がっていて、聞こえたら大変だろうと顔に書いてある。大智はパトロンになってくれそうな杉井に気を遣っている。そこには打算的な心が見え隠れしているが、泊まる場所が向上するのはよいことなので充も大人しくしていた。

再び乗り込んだ運転手が、どこかの観光地みたいな庭園をぐるりと回り、邸のファサードの前についた。

「さぁ、どうぞ。こちらが我が家ですよ」

運転手が回り込んでドアを開け、杉井が車から降りる。続けて充と大智も車を降りて、広大な邸内をぐるりと見渡した。木造二階建ての母屋に、煉瓦造りの洋風な建物が隣合わせのように建っている。二つの建物の真ん中には渡り廊下がかけてあって、そこから庭園が見渡せる造りだ。そして庭園の奥に離れがあった。

「素晴らしい建物ですね。なんというか…古い…いや新しい…？　素敵な造りです」

大智がおべっかを使うと、杉井はまんざらでもない様子で微笑んだ。

「擬洋風建築ですよ。これはこれで味わいがあるので気に入っております」

擬洋風と聞き、そういえば確かに洋風というより洋風を真似たような造りだなと感心した。木造二階建ての母屋は、三方をバルコニーで囲まれていて、どことなくアメリカっぽい。

「お帰りなさいませ、旦那様」

杉井が先に立って大きな玄関に向かうと、車の音を聞きつけたのか内から扉が開かれた。エプロンをつけたいかにも使用人らしき女性が数人出てきて、三つ指をついて杉井を出迎える。杉井は被っていた帽子を年配の女中に手渡し、にこにこして充たちを紹介してくれた。白髪の女性は女中頭のウメだ。

「ウメ、今日からこの二人をお世話しておくれ。離れに住まわせるから、子どもたちも呼びなさい。お茶の支度を」

「かしこまりました」

ウメの指示で女中たちがわらわらと四方に散る。気後れしつつ家に上がり、磨き上げられた廊下を歩いた。よほど女中をたくさん雇っているのだろう。どこもかしこも埃一つないぴかぴかの家だ。階段の柱の一本一本には見事な彫刻が彩っているし、壁や天井も贅を尽くしている。ただやはりというか、天井が低い。この時代の建築基準はこの時代の日本人の平均身長に合わせているのかもしれない。

「ささ、お入りなさい」

長い廊下を何度か折れ、ペルシャ絨毯《じゅうたん》が敷かれた応接室に招かれた。壁にはステンドグラスが光り、天井には天使やマリアの絵が描かれている。柱は幾何学模様《きかがくもよう》で、長ソファは赤のビロードだ。

大智と充が長ソファに座ると、ウメが高級そうな茶器セットで紅茶を淹れてくれた。お茶うけにお饅頭《まんじゅう》が出されて、充も大智も久しぶりに糖度のある食べ物を食した。

「お父様、お帰りなさい」

開いたドアから二人の若い女性と小さな男の子が顔を見せた。女性二人は清楚な格好で、男の子は木綿の白シャツにサスペンダーのついたズボンだ。顔立ちが似ているから、この三人は杉井の娘と息子だろう。

「おお、来たか。紹介しよう。今日から離れに住んでもらう、南ダイチ君と刈谷ミツル君だ」

杉井が充たちの名前を口にする。若い女性が含みのある笑顔で充たちに握手を求めてきた。女性の細い柔らかな手を握り、充たちは頭を下げた。

「よろしくお願いします」

「よろしく。私は長女の菊《きく》よ。この子は妹の舞《まい》。弟の由紀彦《ゆきひこ》」

二人の女性のうち、長い黒髪の理知的な瞳をした子が菊、隣にいるおさげの髪をしたおどおどした子が舞だ。二人とも父親に似て、少しえらの張った顔立ちをしている。長女のほうはそれが快活そうな性格とあいまって美人に見せているが、次女のほうは少し太っているせいかあまり見目がよくない。

「変な奴きたぁ！」

由紀彦は小学校低学年といった年頃で、雄叫びを上げると部屋中をぐるぐる回り始めた。落ち着きのない子だ。由紀彦のそんな行動は日常茶飯事なのか、舞が窘めている。

「家内は今イギリスに買いつけに行っていてね。来月には戻る予定ですよ」

杉井がにこにことつけ足してくる。

「うふふ。お父様の物好きがまた始まったのね。この前まで離れにいた方は、才能がないって捨てられたのよ。あなた方もお気を つけなさいな」

菊が揶揄するように囁いた。つられて杉井を見ると、まったく困ったそぶりもなく豪快に笑う。どうやらこんなふうに音楽家を下宿させるのは初めてではないらしい。

「これこれ。奴はしょせん三流品だったのだよ。彼らは違う。この二人は本当に才能があるんだ」

杉井にとって才能のない者をあっさり切り捨てるのは日常的なようだ。これはお茶会とやらで適当に弾くわけにはいかないと充たちは目配せし合った。

「そうだ、さっそく二人に弾いてもらおうじゃないか。ちょうどバイオリンも持ってきているようだし」

杉井に言われて、充は気楽にいいですよと頷いた。もちろんバイオリンは肌身離さず持っている。由紀彦は庭で遊ぶとかで、すぐに消えてしまった。

「じゃあ俺から。何でもいいですか？」

バイオリンをケースからとりだし、調弦をしながら杉井を窺った。なんでもいいというので、バッハのバイオリン協奏曲第一番をざっと弾いて見せた。最初は椅子に優雅に構えていた菊と舞も、目を輝かせて曲に聴き入ってくれる。しかも終わると、大きな拍手をしてくれた。

「すごいわ！　今まで来た中で一番上手いわ！　お父様、今度こそ本物ね」

菊が興奮した口調で充を褒め称える。頬が紅潮していて、先ほどまでの充を見るうさんくさい目つきがすっかり消えた。

「そうだろう、そうだろう。お前が言うなら本物だな。菊は音楽学校に通っているんですよ。将来はピアニストにしたくてね」

「それはお父様の夢でしょう。私はせいぜいピアノの先生が関の山よ。それに比べたら舞のほうがよっぽど才能があるわ」

杉井と菊が悦に入った様子で語っている。音楽好きの杉井の娘だけあって、二人ともピアノを習っているようだ。名前を出された舞は真っ赤な顔になってうつむいている。

「私は…こんなに上手くは…」

「南君も弾いてくれたまえ。彼もすごいんだ」

舞の声は杉井の大声にかき消されてしまった。充からバイオリンを受けとり、大智も弓を構える。大智はちらりと充を見て、同じくバッハのバイオリン協奏曲第二番を軽々と弾きこなす。充の演奏に気分が向上したのか、さすがに傍で聴いていてもうっとりする音色だ。もちろん大智が演奏を終えた後も、激しい拍手が起こった。

「素晴らしいわ、素晴らしい！　こんな才能がある子が二人もいるなんて、世間は狭いのね！お父様ったらやるじゃない。今度こそ久蔵《きゅうぞう》さんの鼻を明かせるわね！」

菊はすっかりはしゃいで父と喜び合っている。それにしてもまだ学生の菊にまで、この子呼ばわりとは。

「久蔵さん？」

バイオリンを下げた大智が何故か菊の口にした名前に反応して目を見開く。

「ええ、十文字《じゅうもんじ》久蔵さん。お父様と同じくバイオリン好きな方よ。でもその方、とっても耳が肥えていて、この前のお茶会で牛島《うしじま》さん…ああ追い出された前の彼、ね。その牛島さんの演奏を聴いて、まぁ二流ですなって評価してくださったの。おかげで牛島さんは離れを追い出され、代わりにあなたたちが来たというわけよ」

　菊にあらましを語られ、素性も知れぬ充たちを下宿させてくれる理由が見えてきた。杉井という男、けっこう負けん気が強そうなので、その久蔵とやらを負かしてやりたいのだろう。

「いやぁ次の茶会が楽しみだ。さっそく招待状を配ろう。君たちも、ここを我が家と思ってくつろいでくれたまえ。さ、ウメ。二人を離れに案内するんだ。銀乃鏡から荷物を運ばねばならないだろう。手伝って差し上げなさい」

「はい、承知しました」

　ウメがこくりと頷いて、充たちを寝泊まりさせてくれる部屋に案内してくれる。とりあえずあの狭苦しく埃っぽい物置小屋から抜け出ることができそうだ。

「どうぞ、こちらです」

　ウメに導かれ、応接間を出て再び長い廊下を歩いた。杉井が住むのを許可してくれた離れは完全に孤立しており、一度靴を履いて庭の片隅に向かった。かつては栗の木が植えられていたらしく、それを撤去して離れを造ったそうだ。

　庭を鑑賞しながら横切ると、大きな楡《にれ》の木の下に手押し式のポンプ井戸がある。その横に茶室のような可愛らしい建物があった。入り口は引き戸で、和風な佇まいだ。中に入ると小さな三和土《たたき》があり、障子《しょうじ》がしまっている。ウメは靴を脱いで先に上がると、障子を開けて中を見せてくれた。中は八畳程度の畳敷きの部屋で、押入れがあるだけの至って簡素な造りだ。トイレは裏側にあって、不便なことに一度外に出てぐるりと回らなければ入れない仕組みになっている。これは夜中のトイレは怖そうだから気をつけなければいけない。この時代のトイレは汲み取り式だから、下から手が出てきそうなのだ。

「布団はちょうどここに二組入っております。荷物は押入れをご自由にお使いください。井戸の水は飲めますよ。あとこのラジオは前任者の置き土産ですのでご自由に」

　ウメが四角い箱みたいなラジオを指して言った。

「綺麗に手入れされてますね。下宿させてもらえるのは本当に助かります。さっそく荷物を移動してもよいですか？」

　大智は久しぶりに畳の上で眠れるとあって、喜びを全面的に表している。ふだんは落ち着いた大智がこんなに喜んでいるなんて、よほどあの物置小屋がつらかったに違いない。

「ええ。運転手の宮島《みやじま》さんに車を出してもらうよう頼んでおきますよ。それにしても先ほどの演奏、私は音楽にはうといから分かりませんが、前の人より上手いのはよく分かりますよ。お二人とも素晴らしいですね。ぜひ旦那様の期待に応えて下さいね」

　ウメは静かに微笑んで充たちを激励する。日が暮れる前に荷物を移動しようということになり、それから慌ただしい引っ越しが始まった。今夜は健やかな睡眠を得られそうだ。大智の喜びが伝わってくるようで、充も自然と微笑んでいた。

宮島の車で荷物を移動できたこともあり、充たちは夕刻に杉井邸に戻ることができた。

荷物といってもお互いに段ボール一つくらいしかないが、それでも世話になった人々への礼や挨拶で時間を食った。どうにか屋敷に戻り、荷物を解いて一息つくと、ウメが夕食の時間だと言って充たちを呼びに来た。

母屋の食堂の席を案内され、充たちは杉井邸に来て初めての食事をとった。食堂は洋風な造りで、テーブルも十人程度が座って食事ができる長いものだ。女中が料理を運んできて、皿の上によく焼かれた分厚い肉が載っていて目が輝いた。

「やった、ビフテキ!」

由紀彦がはしゃいでいる。ビフテキとはなんだろう。あまり聞き覚えがない。

いただきますの挨拶と共にナイフとフォークで肉を切る。一口食べて、ものすごく美味しいと感じた。これは牛肉だ。つまりビフテキとはビーフステーキのことなのだ! 変なことに感動しながら食べていると、隣にいた大智も肉を噛みしめて「美味い…」と喜んでいる。

考えてみれば、ずっとめざしとか野菜しか食べていなかったのだ。肉に飢えていた。久しぶりの肉の歯ごたえといい美味しさといい、たまらないものだ。もちろん現代に帰ればこれより美味い肉料理はごまんとあるだろうが、肉断ちさせられた後の肉料理ほど美味く感じられるものはない。

夕食の席では菊が大智を質問攻めにしていた。大智は答えられる問いが少なくて、ごまかすのに苦しそうだった。どうもこの時代において大智のほうが女性に受ける顔立ちや佇まいなのか、皆大智に興味津々だ。別にひがんでいるわけではないとはいえ、大智一人がモテているのは見ていて面白くない。

「舞さんは、おいくつなんですか？」

大智と菊がずっとしゃべっているので、充は置物のようにもくもくとご飯を食べている舞に聞いてみた。舞は男性が苦手なのか、話しかけられただけで真っ赤になり、うつむきながら口を開いた。

「あの…あなたと同い年くらいかと…。十六歳になります」

「えっ⁉　俺十六歳に見えるんですか⁉」

同い年くらいというから油断したら、とんでもない年齢を言ってきた。まさか自分は十六歳に見えるのか…。ショックを受けて固まっていると、向かいで食べていた大智が笑いを懸命に堪えて肩を震わせている。何故女性が自分のところに来ないのかようやく分かった。まだガキだと思われているのだ。いくら童顔とはいえ身長はあるのに、それほど幼く見えるのかと充は暗い面持ちで食事を続けた。

「お風呂の時間に後で呼びに行きますよ」

食事の後にウメが親切に声をかけてくれた。充は大智と離れに戻り、改めて畳敷きの部屋に昇格出来てよかったと喜び合った。

「あー、すごい楽だな。畳はいい…。床が冷たくない。埃っぽくない。硬くない」

大智は満腹になった上に部屋が綺麗で、すっかりいい気分になり、ごろりと畳に寝転んだ。

難を言えば離れに鍵がかからないことくらいで、風呂もあるし格段と人間らしい暮らしになれた。

「本当だなー。久々に人間っぽい生活かも…。お腹いっぱいだし」

充も大智に習ってバイオリンを立てかけ、畳に横になった。ふと見上げると、天井の隅に茶色い染みがある。広がると人の顔に見えそうだ。

「…ところで充、十文字久蔵って名前に聞き覚えないか？」

しばらく無言でごろごろしていた大智が、思いだしたように問いかけてきた。十文字久蔵なんて、知り合いにはいない。

「ぜんぜんないけど？」

「そうか…気のせいかな。どこかで名前を見たような気がしたんだけど…」

大智は考え込むようにしている。もう一度思い出してみたが、そんな厳めしい名前の人だったら、きっと覚えているはずだ。

「それにどうせすぐ会えそうじゃん。その人の鼻を明かすために雇われた身だし」

上半身を起こし、充はバイオリンをとりだして弓を鳴らした。さすがに室内で弾くのは音がうるさい。

「ちょっと外で練習してくる。今日はごたごたしてたからな、お前も後で弾くだろ？」

「ああ、順番待ってる」

「あい」

バイオリンを片ほうの手で持ち、外に出てしばらく練習曲をかき鳴らした。夜というのもあって肌寒く、指先がかじかんでくる。バイオリンを弾いている時は、頭がからっぽになれていい。三十分ほども弾き続けた頃だろうか。ウメがやってきて、お風呂にどうぞと声をかけてくれた。洗濯物があれば、その時に出してくれと言われる。そういえばこのズボンはこっちに来てからずっと穿いている。さすがにそろそろ洗わねばならないのは分かっているが、洗濯機も出始めの時代と聞き、色落ちや傷むのを心配して出せなかった。

「お風呂どうぞだって。大智、先に行く?」

バイオリンの練習を終えて部屋に入ると、大智はうとうとしかけていた様子で、目を擦りながら起き上がった。

「いや、お前先に入れよ。その間にバイオリン貸してくれ」

「分かった。洗濯物も一緒にどうぞだって。観念してこのジーンズ洗うかな」

バイオリンを大智に手渡し、充はポケットの中にごそごそと手を入れた。大智には前々から汚れがひどいと注意されていたのだ。洗濯する前にポケットの中の物を出しておこうと思い手を抜きとると、大智が不思議そうな顔になった。

「……なんだ?　それ」

大智が見ているのは充の手にある球体だ。そういえばなんとなく入れっぱなしになっていた。

「やー、俺もよく分かんねーけど、入ってたんだよな」

「入ってたって…ポケットに?　いつから?」

「多分落ちた時？　いや、もっと前か、……こうなる前、かな？」

大智が無言で充の手から球体をとり、しばらくじっとそれを見つめていた。そして部屋を出て行こうとする充の頭を、追いかけてきてぽかっと殴った。

「い、いてぇなぁ！　何すんだよ⁉」

いきなり叩かれて呆然としてると、大智はそれを上回る激しい怒りを表し、充を揺さぶった。

「何すんだじゃないよ！　どうしてこんな大切なこと言っておかないんだよ⁉　これ、おかしいだろ、どうみても！　こんなメタリックの球体、俺たちの時代だってなかなかない。大きさも変だし、こんな軽いのも変だ。大体何の用途があるんだよ？」

「え…っ」

大智は興奮した様子で球体を透かしたり叩いたりと調べ始めている。そんなに重要なものだなんて思わなかった。軽いと言われて確かにどんな素材で作ったのかよく分からないと思い当たった。見かけは鉄とか鋼、アルミみたいな感じだが、手にとるとほとんど重さがない。ゴムボールだってもっと重い。

「どこで手に入れたか思いだすんだ、充。俺たちが帰れる鍵かもしれない」

大智が真剣な表情で訴える。充も急いで頷き、母屋の風呂に向かいながら頭をひねらせた。

確かにあの球体、買った覚えももらった記憶もないのはおかしい。どこで手に入れたんだっけ…。

充は懸命に記憶を引っ張りだそうと呻き声を上げた。

風呂から出て布団を敷いて眠りにつくまで大智に責められたが、ポケットに入っていた球体の出所は思い出せないままだった。よほど思いだそうとしていたのか、夢の中まで悩み続けるありさまだ。

翌日は部屋に温かな日差しが入って、充は久しぶりに心地よい目覚めを体験した。そういえばB室は窓がなく、朝日で目覚めることもない。こんなふうに朝が来たと実感するのはいいものだ。隣を見ると大智が珍しくぐっすり眠っている。毎日あまり眠っていないのか、充より遅く眠り、充より早く起きるのが常だったのに。

大智を起こさないようにそっと布団を抜けだし、外に出て朝の冷たい空気を肺にとり込んだ。今日は日曜なのか、由紀彦が庭で庭師らしき男と遊んでいる。昨夜寝巻代わりに借りた浴衣を着たまま、充は二人のほうへと足を向けた。杉井邸の庭は良く手入れがされていて、大きな池には高級そうな鯉《こい》が泳いでいる。充が近づくと、由紀彦が気づいて持っていた物を振り回した。

「ミツルー。べーゴマ出来るか？　佐川《さがわ》は目が悪くて駄目だ」

由紀彦は相変わらず王様みたいに使用人や居候の充を呼び捨てだ。おぼっちゃまだなぁと思いつつ覗き込んだ充は、目を丸くした。樽に布を張った上で、銀の小さな独楽をぶつけて遊んでいる。

「べーゴマ……ああ、ベイブレードね！　俺強いよ」

見ているうちにこれは充も子どもの頃はまった遊びだと思いだした。養護施設で道具を奪い合うようにして遊んだ。充はけっこう強くて、得意だったものだ。

「じゃあやろうよ、ほら」

強いと言ったせいか由紀彦が独楽と紐を渡して目を輝かせる。そこではたと気づいた。充が知っている遊びは、こんなふうに自分で独楽に紐を巻くものではない。大体こんな小さな独楽に紐が結べるわけがない。

「うえっ。ど、どーやんの？　これ」

「なんだよ、強いって嘘かよ」

初心者丸出しの充に、由紀彦は頬を膨らませている。庭師の佐川がやり方を教えてくれておぼつかない手つきで独楽に紐を絡めていった。佐川は目が悪くて下手だと言うが、坊ちゃん相手に本気を出さないだけではないだろうか。そんなことを思いつつ、充は見よう見まねで独楽を飛ばしてみた。ぜんぜんダメだ。そもそもコツが分からない。

「おはよう…何してるんだ？」

下手くそとどやされつつ由紀彦と遊んでいると、目が覚めたのか大智がやってきた。大智はすでにきちんとした身づくろいだ。気のせいか肌がつやつやしている。

「はよ。よく寝てたな」

「ああ、やっと睡眠を得た…。ああ、ベイブレ？　懐かしいな。兄がやってたよ。元祖のほうだな」

「お前は強いのか⁉　強いならやれ！」

由紀彦は大智にも乱暴な口調で命令している。聞けば近所のガキ大将にどうしても勝てなくて腹立たしいそうだ。

大智と一緒に慣れない手つきでベーゴマを操り、しばらく独楽をぶつけ合った。女中が朝食だと呼びに来て、皆で母屋に向かう。

朝食を食べ終えた後は、大智と電車で銀乃鏡へ赴き、演奏に徹した。週の半分はこの店で働き、残りは杉井邸の離れでバイオリンの練習を続けることになった。

この世界に迷い込んで右も左も分からない状態だったが、杉井邸に落ち着き、徐々に生活のリズムができていた。考えてみれば身元不明の充たちをよく下宿させてくれたものだ。最初に会った警察官もそうだが、真理といい金原といいここで出会った人々は皆いい人ばかりだ。自分たちは運がいい。

杉井邸に落ち着いて三日が過ぎた頃、充がそう告げると、考え込んだ末に大智がこう言った。

「運がいいのかもしれないが、そうじゃなくて……もしかしてこの時代は、俺たちの時代と違って人情が厚いんじゃないかな。俺たちの世界は隣近所に誰が住んでいるかも分からないけど、ここじゃ周囲に住む人とはどこも仲がいいだろ？　だから困っている人がいたら、誰でも助けようとしてくれる…。そういう時代なんじゃないかな…？」

「そういう時代…」

充は大智の言葉を繰り返して、不思議な気持ちになった。充の住む時代は人間関係が希薄で、身元不明の人間に助けてくれと声をかけられたら、それこそ騙されるんじゃないかとか、裏に何かあるんじゃないかと勘繰ってしまう。たかだか五、六十年で殺伐とした国になってしまったものだ。

杉井邸に世話になり、一週間が過ぎた。その日は仕事がなかったこともあって、充は大智と母屋の広間でモーツァルトを弾いていた。広間にはグランドピアノがあり、菊や舞が弾いていると言うだけあって調律もしてある。変な世界に迷い込んでいつ帰れるかどうかも分からない身だが、二人とも考えるまでもなく互いの演奏曲を練習していた。無駄に練習時間が多かったせいか、モーツァルトのバイオリンソナタ第三十三番と第三十六番はだいぶ息が合ってきている。それでもまだ完ぺきにはほど遠い。特に第三十六番は、充の伴奏が足を引っ張っている。

「楽譜が欲しい…。暗譜してるけど、自信ねぇわ…」

苦手とする小節を何度も弾き直し、充は額に手を当てた。

「探したけど見つからなかったな…」

大智もため息を吐く。二人で古書店街に行き、モーツァルトのバイオリンソナタを探し回ったが見つからなかった。仕方ないので覚えている限り書き写してみたが、細かい部分は自信がない。

「やぁやぁ、お二方。今日も素晴らしい音色ですな」

広間で練習を続けていると、杉井が出先から戻ってきて充たちに喜色満面とした顔を見せた。どうもと挨拶をする充と大智に、杉井がすっと白い封筒を出す。

「茶会の日程が決まりましたぞ。来たる十一月十八日、客人を多く招いておりますので、お二人の素晴らしい演奏を披露していただきたい」

杉井から白封筒を受けとり中を開くと、手書きの招待状が入っていた。充も大智も人前で演奏するのは慣れっこなので特に気負うこともなく、分かりましたと頷いた。何を演奏すればいいか聞いたが、杉井は充たちに任せると言う。どうやら杉井はクラシックはあまりくわしくないようで、特に好きな曲もないそうだ。この時代はまだ一般市民はクラシックに馴染みがないのかもしれない。テレビが出始めた当時だ。曲はラジオから得るものしか知り得ないだろう。

「姉さん、お前の来る日が減ってがっかりしてたな」

杉井が去って行った後、再び練習を続け、その合間に銀乃鏡で会った真理のことを思いだし、何気なく充は呟いた。店での演奏を週の半分に減らしたのもあって、真理は寂しがっている。

真理の名前を出したとたん、大智がムッとした表情で睨みつけてきた。

「なんだよ？　変なこと言った？」

大智の態度があからさまに怒っているので、気になって鍵盤を叩く手を止める。大智はわざとらしくそっぽを向き「別に」とそっけない声を出す。

「別にって態度じゃねーだろ。何？　姉さんと喧嘩でもした？」

大智の機嫌が悪くなった理由が分からずなおも問うと、「真理さんとくっつけようとしてるんじゃないだろうな？」と疑惑の眼差しで見られた。

「や、そういう意味じゃないって」

内心ひやりとして再び練習を始めた。複雑な胸の内が言葉になって出てきてしまった気がする。深く考えたくなくて、充はピアノに没頭した。

次の日から大智の様子が少しずつおかしくなってきた。口数も少なくなり、神経がぴりぴりしているのが分かる。最初は熟睡していたはずなのに、日々寝つきが悪くなり、隣で寝ていてもなかなか眠れない様子が伝わってくる。

どうしたのかと尋ねるとなんでもないという答えしか返ってこないが、明らかに悩み事があって体調を崩しかけている。あれほど最初は喜んでいたのに、布団を敷く時間になると憂鬱そうな顔になる。母屋にいる時や他の人といる時は普通なのに、充と離れに戻ると急に神経が尖りだす。まるで充と二人きりになるのが嫌みたいだ。好きだと言っていたから好意はあるはずなのだが、どうみても嫌っている態度にしか見えない。一体どうしたのだろう。

「……あのさぁ、眠れないの？　どうしたんだよ、お前」

ある夜、とうとう耐えかねて布団に潜った後、声をかけてみた。大智は充が眠っていると思っていたのか、布団が揺れるほどびくっとした。

「起きてたのか？」

暗闇の中横を見ると、大智は充に背中を向けたままで布団に深く潜っている。声が低くなっていて心配になって起き上がって顔を覗き込んだ。

「お前がごそごそしてるからさぁ…」

「こ、こっちに来るな」

充が近づいてくる雰囲気を感じとったのか、大智が身を引きつつ振り向いた。その慌てた様子にぴんときて、充は頭を掻いた。

「あ、ごめん。オナってた?」

やけにごそごそしていると思ったが、もしかして自慰に耽っていたのか。充が再び布団に寝転がると、大智は呆れ顔で睨みつけてきた。

「お前が隣にいるのにできるわけないだろ…っ」

大智の呻き声を聞き、どうやら懸命に治めようとしていたのが分かった。暗闇の中、妙に開放的な気分になり、充は少し笑った。よく考えたら大智とは長いつき合いだが、あまり下ネタを話したことがなかった。大智はいつも清廉潔白といったふうなので、この男もちゃんと人並みに性欲があったのだなぁと不思議な気分になった。

「気にしぃだな。でも確かにティッシュもねーしな…」

「……お前、どうしてるんだ?」

「俺は風呂入った時、たまに抜いてるよ。まさかお前、こっち来てからずっと我慢してるの?」

「今まではそういう気が起きなかったんだ。ここに移動して衣食住が満ち足りてきて…というか」

　急に腹が立ったみたいに大智が布団を押し上げて、跳ね起きる。

「お前が隣で寝てるから、熟睡できないんだよ！」

　眠気が覚めるような声で怒鳴られ、充は「わっ」と驚いた声を上げた。

「え、俺いびきとかしてた？」

「そういう意味じゃない、お前はわざとすっとぼけてんのか！　好きな奴が隣にいて、気が散って眠れないって言ってるんだ！」

　なおも大声を上げてくる大智を、充は目を丸くして暗闇に慣れた目で見上げた。大智の顔が気のせいか上気している。

「あ、あー。そゆこと。へーお前もやっぱ男なんだな」

　感心した声を出したせいか、枕で顔を叩かれそうになった。すんでで避けることができたが、そばがらが入っているのでずっしりとして当たったら痛そうだ。

「あっぶね、やめろ、お前。暴力反対」

「からかうお前が悪い」

「からかってねーよ。感心しただけ。わ、マジで怒るなって」

　再び目が吊り上がった大智に危険を感じ、両手を挙げて降参する。大智は持ち上げていた枕を停止させ、力なく落とした。そして膝を抱え、頭を埋める。

「……お前、キスはしてもいいって言ったよな…」

大智の低い声が聞こえてきて、充は戸惑って目を瞬かせた。

「え、今ここでそれを言う？」

冗談かと思って明るい声を出したが、大智が急ににじり寄ってきたので、充も焦った。寝ている充の上から大智が覆い被さってくる。

「お前目がマジで怖い」

「いいから少し黙っていてくれ。もうこっちも限界なんだ」

眼鏡のない大智の顔は真剣だと少しきつく感じる。逃げようかどうしようか考え込んでいる隙に、大智が両腕で頭を囲ってきて身動きがとれなくなった。大智のさらさらの髪が落ちてきて、額をくすぐる。

「充…」

ひどくかすれた声が大智の唇から漏れて、不覚にもどきりとしてしまった。充が静止している間に大智の吐息が近づき、気づいたら唇が重なっていた。

「……、…っ」

柔らかな感触が唇に触れる。ちゅっと音を立てたかと思うと、大智はすぐに貪るように充の唇を吸ってきた。角度を変えて唇をきつく吸われ、大智が息を乱して充にキスしてくる。思う存分充の唇を濡らした大智は、大胆に舌を差し込んできて充の口内を探った。

（わー、こいつこんなエロいキスするんだー…）

今まで友人でしかなかった男と特別なキスをする日がくるとは思わなかった。激しく唇を舐

められ、充は逃げることもできずに大智のキスを受け入れた。不思議な感覚だ。男相手のキスでも気持ちいい。

「ん…」

充が唇を開くと大智はさらに大胆になり、室内に濡れた音が響くほど充の唇を蹂躙《じゅうりん》してきた。徐々に大智の身体が重なってきて、もどかしげに充の髪を搔き乱す。流されていると思いつつ、大智のキスが気持ちよくて充は大人しくされるままになっていた。

「はぁ…、充…」

大智はすっかりキスに夢中になっていて、しつこいほど長く唇を吸ってくる。しだいに身体が上気してきて、息苦しくなってきた。充が大智の身体を押し返すと、大智に手首を掴まれて無理やり布団に押さえつけられる。息さえも絡めとられるような深いキスをされ、ぞくりと背筋に電流が走る。強引な口づけに嗜虐的《しぎゃくてき》な快感を覚えた。

「あ…っ」

手首を押さえつけていた大智が、自分の行為に気づいて目を見開き、ぱっと身体を離した。大智は乱れた息遣いをしていて、目が情欲に濡れている。それでも充を押さえつけてしまって罪悪感を覚えたのか、うろたえた顔つきになった。

「ごめん…夢中になった」

濡れた唇を拭い、大智が朱に染まった顔を背けた。充は自分の呼吸が乱れているのを知り、妙に照れくさくなって布団を引っ張り上げた。

「お前ってけっこうエロいキスすんのな…」

濃密な空気になったのをかき消すために、わざとからかうような口調で充は囁いた。大智はすっかり充に背中を向けてしまい、また膝を抱えている。多分一生懸命興奮を抑えているのだろう。

「つうかさ…お前ってやっぱゲイなの？　男のほうがときめくの？」

前々から聞いてみたかった質問を充がすると、大智が心外だと言わんばかりに振り向き、険しい表情で詰め寄ってきた。

「俺がときめくのはお前だけだ！」

「ふ、ふーん…。そうなの…」

「……今のところは」

自信なさそうに大智がつけ足し、急に落ち込んだ様子でうなだれた。

「もしかしたら俺は男が好きな性癖なんだろうか…。今までつき合ってきた女性とは、自分で言うのもなんだが淡々としていた…。お前を好きになってこんなふうにコントロールが利かない自分に戸惑っている…」

ふだんから落ち込みやすい大智は、自分の性癖に対する不安からか暗い表情になっている。心配になって充が起き上がると、大智が顔を上げ、ふっと目が合った。

また大智が顔を寄せてきたので、充は慌ててその顔を手で押しのけた。

「あのな、大智。このままいくと、パンツ汚すだろ。そんなパンツ、洗濯物に出せるか？」

「出せない」

充の指摘に大智が青ざめ、すーっと充から身を引いた。女中に汚れた下着を出す自分を想像して恐ろしくなったのだろう。

「何か俺の気が萎える話をしてくれ」

再び布団に潜り込んだ大智が、暗闇の中情けない声を出している。ついおかしくて笑いだしそうになったが、大智が暴走しても困ると思い、頭を巡らせた。

「お前には黙ってたけど、銀乃鏡のあの部屋…いたよな」

充がぽつりと呟くと、サッと空気が凍りつき、大智が恐ろしげな表情で振り返ってきた。

「い、いたって何が…まさか…」

「うん、だからお前が嫌いなゴ…とかダ…とか…」

「やめろおおお…っ」

大智は耳を両手でふさいで、布団深くに潜ってしまった。B室で暮らしていた頃、綺麗好きの大智はしつこいほど変な虫がいないか充に聞いていたのだ。そのわりに自分で確かめるのは恐ろしかったらしく、充は大智のいない隙にひそかに害虫退治をしていた。

大智はすっかり戦意消失したようだ。充も気分が治まってきて、あくびを一つした後、目を閉じた。

茶会の日が近づき、充と大智は広間で練習に勤しんでいた。曲目は公演でやる予定だったモーツァルトのバイオリンソナタ第三十三番と第三十六番、ハイドンのセレナーデ、バッハのG線上のアリア、チャイコフスキーのアンダンテカンタービレを弾くことにした。モーツァルト以外は菊が持っていた楽譜から一般受けしそうなものをセレクトした。バイオリンが二挺《にちょう》あれば大智と協奏曲でも奏でるところだが、あいにくと充が持っているものしかない。伴奏の下手な充はセレナーデ、G線上のアリアを担当し、大智がアンダンテカンタービレを演奏することにした。

茶会というから四、五人程度の集まりと思っていたが、杉井が有名店から出張を頼んだという料理長と綿密な打ち合わせをしているのを見て、けっこうな人数が来ると知り驚いた。後で尋ねたところによると招待状を配ったのは二十人。その内四人は都合がつかず欠席ということで、当日は十六人の客が出席する。人数が増えて気持ちが変わることはないが、広間の音響が知りたくて大智と二人であれこれチェックした。大智はついでにピアノの調律もしている。窓の外が薄暗くなり、雨雲が押し寄せている。雨が降るかもしれない。茶会の日に雨が降ったらどうしようかと考えながら、充は窓の外を見ていた。湿気はバイオリンにとって大敵だ。大智と悩んでいると、ちょうど菊がやってきて、調律を終えた大智ににこやかな笑みを向けた。

「南さんは本当に器用なのねぇ。私そういう殿方、嫌いでなくてよ」

菊は黄色いワンピースを着ていて、背筋がすっとしているのもあって凛とした感じだ。大智も姿勢がいいので二人が並んでいると、なかなか目を惹く。バイオリンを弾く者はたいてい背筋がぴんとしているものだが、充は弾いている時はしゃんとしていても、バイオリンを離すと少し猫背になる。自分でも何故か分からない。

菊と三人で茶会の話をしていると、女中のウメがワゴンを押してきてお茶の用意を始めた。

「きゃ…っ」

窓の外で雷がぴかりと光りを放つ。菊は雷鳴の音に身をすくめ、自然と大智の傍に身を寄せる。その時ふっと辺りが暗くなり、停電した。まだ時刻は四時過ぎとあって、真っ暗というわけではないが、電気をつけたばかりだったので周囲が一段と薄暗くなった気がした。

「いやぁねぇ。停電したのかしら？　電気屋さんを呼んで」

菊が困った口調でウメに告げる。

「停電くらい直しますよ」

ピアノのふたを閉めて、大智が手を挙げる。ブレーカーが落ちたくらいで、わざわざ電気屋を呼ぶなんて、この時代の一般人は電気関係にうといのだろうか。大智の申し出に菊がびっくりした目で手を叩く。

「すごいわ、停電を直せるの？」

「え、ブレーカー上げるだけでしょう？」

「やったことないもの。知らないわ」

菊はお嬢様だから、そういったことはまったく知らないようだ。大智がブレーカーのある場所を使用人に尋ね、皆で部屋から出て行く。ついでに充も後を追うと、母屋の玄関の上部にヒューズボックスがあるとウメが告げた。

「脚立あります？」

大智は使用人から脚立を借り、懐中電灯で光を当てながらしばらく無言でヒューズボックスを見ていた。菊とウメが期待に満ちた顔で大智の背中を見ている。けれど大智は、申し訳なさそうな顔で振り返り、力なくうなだれた。

「すみません、俺の知っているのと違う…」

「えっ、マジ？　俺にも見せて」

大智が呆然としているのでつい興味を惹かれ、充も無理やり脚立によじ登り、ヒューズボックスを覗き込んだ。そこには充の知っているものとはまったく違うものがあった。いろんな配線が謎に繋がり、パッと見て何の機械だかさっぱり分からない。充が知っているブレーカーは、レバーを上げるだけだが、あれは改良に改良を重ねてできたものなのだと知らされた。

「俺は役立たずだ…」

脚立を下りた大智はかなり落ち込んでしまい、ぶつぶつ呟きながら壁と仲良しになっている。

「やっぱり電気屋さんを呼ばなきゃ駄目ねぇ。電球が切れてるところもあったし」

菊は激しくへこんでいる大智を見て、笑いを堪えている。

夕食を終えて離れに戻ると、充は風呂の支度をして、部屋の隅へ視線を向けた。大智はまだ落ち込んでいる。前々から落ち込みやすい性格はしていたが、この時代に来てから余計ひどくなった気がする。充はできないのが当たり前と思うタイプなので、大智のようにいちいちへこむ人間が不思議でならない。

先に風呂使うぞ、と声をかけても大智はふさぎ込んで返事もしない。たかが停電を直せないくらいで、死にそうな勢いだ。仕方ないので放置して、充は母屋に行って先に風呂を使った。五右衛門風呂にもだいぶ慣れてきた。充の番は家族の後だから湯は少し汚れているが、気になるほどではない。

さっぱりして離れに戻ると、大智はまだ暗いままだ。

「おい大智。そろそろ浮上しろよ。風呂入って来い」

部屋の隅で静かにしている大智の肩を揺さぶると、大きなため息がこぼれた。

「早く帰りたい…。俺はこの世界ではまったく役立たずだ。自分が情けなくなってくるよ」

弱々しい声で嘆かれ、充はどきりとして大智の落ちた肩を撫でた。

「んなことねーだろ。お前のおかげで職にありつけたし、役立たずじゃねーよ。この時代のこともよく覚えてるしさ」

「たいして役に立ってない…」

「もー立ってる、立ってる。俺、すごい頼りにしてるもん」

少々わざとらしいくらい大げさに励ますと、やっと大智の鬱っぽい表情が和み、気力をとり戻してくれる。なんだか大智が可愛く見えて、充は自然と笑顔になった。

「うんまぁ…それなら…」

大智が顔を上げ、ふっと目が合った。先ほどから妙に可愛く見えていたのもあって、大智がすーっと寄ってきても、身を引かなかった。それどころか唇が近づいてきた時、充の方から先にちゅっとキスをした。

「え」

大智がびっくりしてパッと離れ、顔を赤らめる。

「あ、ごめん。なんかついノリで」

充も慌てて身を引くと、大智は目を白黒させて腰を浮かした。

「い、いや俺こそ、悪い…石鹸のいい匂いがして……」

大智は呆然とした様子で、タオルと浴衣を抱え、そそくさと離れを出て行った。

頭を掻いて充は布団を敷き、その上に寝転がった。濡れた髪を乾かさなきゃなぁと思いつつ、頭の中は先ほどの大智の発言が渦巻いている。大智が帰りたいと言った時、充はそれほど現代に戻りたいと切望しているわけではないと気づいてしまったのだ。もちろん帰りたい思いはあるのだが、この時代に懐かしさを覚えるというか、わりと住み心地がいいとすら感じている。見たことも聞いたこともない時代に懐かしさを感じるのも変な話だが、大智ほど飢餓感を覚えているわけではない。

（不思議だなぁ…。ソロデビューできて、未来に夢も希望もあるのになぁ）

充が大智ほど帰りたいと思わないのは、ひょっとして何度も死ぬ目に遭ったせいかもしれない。もう一度戻って死ぬのが怖いのか。そうかもしれないし、そうじゃない気もする。

（大智と一緒だからかもな。もし一人だったら、アルト公会堂で演奏できないの悔しかっただろうな。でも大智が一緒だから、いつも一緒に弾けるし）

ふとそんなことに思い至り、わけもなく照れくさくなって、上半身を起こし髪をタオルでごしごし擦った。大智の気持ちやキスが嫌じゃない理由も、きっとそういうことなんだろう。考えてみれば出会った頃から充はずっと大智を意識している。それは音楽の世界の上でだが、こうして毎日うざったいくらい一緒にいると、それ以外の感情もあるような気がしてきた。

（うおー。俺、流されてる）

乱暴に髪を掻き乱しながら、充は動揺した心を落ち着けようとした。


茶会当日は雲一つないいい天気で、バイオリンの音色も綺麗に響いている。充は離れの窓から何台もの車が屋敷の中に入ってくるのを眺めていた。客の中には高そうな着物を着ているご婦人も多く、杉井が呼んだ面々は金持ちが多いのだろうと察しがついた。

「なんとなく昔の宮廷音楽家の気分だな。もっと分かりやすい曲のほうがよかったかな？　この時代の好む音楽が分からねーな。やっぱひばりでもやったほうが、よかったか？」

ぞろぞろと現れる客に不安を覚えて充が呟くと、饅頭を食べていた大智が新聞を読みながら聴きとりづらい声で何か答えた。

「何？　お前、前に物食いながらしゃべるなって俺に注意しなかった？」

食事と読書と充の相手の三役をこなそうとしていた大智は、充に叱られて、ぶるっと首を振った。そして詰め込むように饅頭を食べ終え、何事もなかったような顔で新聞紙を畳んだ。

「ひばりは余興でやるものだろ。大体クラシックで頼まれたんだから、あれでいいんだよ。それよりお前、伴奏しっかりやれよ」

「わーっとるわい。そうなんだよなぁ、バイオリンじゃなくて不安なのはピアノなんだよなぁ」

コンサートやライブの前は多少緊張するが、今日みたいに不安になることはない。不安になるのはピアノに自信がないからだ。

「俺、こんなんじゃアルト公会堂でも直前でびびりそう。なぁー、やっぱお前がバイオリン弾いている時、俺退席しちゃ駄目？　ピアノないほうがよくね？　あー、いっそ菊か舞に頼めばよかったんだよ」

「お前何を今さら」

急に弱気になった充に、大智が呆れた声を出す。

「ほら、お前も食え。糖分を入れれば頭も動きだすはずだ」

大智がむんずと皿に載っていた饅頭を掴み、充の口に押しつけてくる。大きく口を開けて饅頭に齧りつき、充は糖分を補給した。

「お前は俺に合わせるのが苦手なだけだろ。ピアノ自体は上手いじゃないか」

「それはどうも。だってお前の呼吸って乱れないから、途中で息が詰まってくるんだよ」

饅頭をもしゃもしゃと食べながら答えると、急に大智が青ざめた。

「え…っ、そ、それは音楽の話か？」

大智は何の話をしているのか。

刻限になり、充は大智と共にバイオリンを抱えて母屋に向かった。二人とも杉井から用意されたスーツを着ている。充は三つ揃いなど着たのは初めてで、窮屈に感じられて仕方ない。大智は相変わらずこういうきっちりした格好をすると男ぶりが上がる。

「そろそろ準備のほうをお願いします」

女中頭のウメが料理の皿を下げている途中で、廊下に立っていた充たちに合図してきた。充たちの演奏の途中でデザートが出るらしい。今朝がた見せてもらったが、花の形の練りきりで、ひそかに誰か残したらくださいと打診しておいた。大智は人が手をつけたものは基本的に食べないタイプなので、打診する充を奇異な目で見ていた。

合図の後に広間に入ると、杉井が紹介してくれたせいか拍手で出迎えられた。円卓には老若男女が微笑みながらお茶を嗜んでいる。

ふと充は杉井一家と同じ円卓にいる男に気がついた。どこかで見たような顔だと思ったら、アルト公会堂の前であった紳士だ。杉井の知り合いだったのか。ちらりと大智に目を向けると、大智も気がついたようで目配せしている。

充がピアノの前に座り、大智がバイオリンを調弦する。アイコンタクトで呼吸を合わせ、最初にモーツァルトのバイオリンソナタ第三十六番を演奏した。

鍵盤を叩き始めて、空気がぴりっと張りつめたのを感じて充は神経を研ぎ澄まして大智のバイオリンに音を合わせた。やはり客が少数だろうが、人の前で弾くのは気持ちいい。空気を支配しているといえばいいのか、人々の耳が音に集中しているのが分かる。

指先が躍《おど》る。大智のバイオリンの音色は本当に澄み渡って背筋がぞくぞくするくらい好きだ。あれだけ練習を繰り返してよく知っているはずなのに、大智ときたら本番で最高の音を響かせる。大智も気を張っている。高音がうっとりするほどビブラートしている。

第一楽章から第三楽章までの時間はあっという間だった。

本番では怖いくらいに大智の呼吸に合わせて弾くことができた。前々から本番には強いと思っていたが、途中で大智の目が熱っぽく自分を見るので余計に指先に気合が入った。不思議だ。大智の音はどうしてこんなに澄み渡って綺麗なのだろう。

最後の音を終わらせて、充は軽い呼吸と共に腕を下ろした。とたんに思いがけないことが起きた。

「ブラボー!!」

杉井と同じ円卓に座っていた紳士が立ち上がり、大きな拍手喝采《かっさい》をしたのだ。こういった席でそんなふうに激しく褒め称える人はまれで、充も大智も目を丸くして戸惑ってしまった。ついで紳士に合わせるように、居並ぶ客たちが大きく拍手してくれた。

「どうです、すばらしいでしょう？　久蔵さん、今度は信じてくれましたか？　いやぁ、よかった、よかった」

杉井は褒め称える紳士を見て、興奮している。あれが十文字久蔵さんなのか。アルト公会堂の前で会った紳士の名は久蔵というらしい。

「さぁ、どんどん続けて！　皆様に素晴らしい音楽をお聞かせするのです！」

杉井はすっかりご満悦で、充たちを大きな身振り手振りで煽《あお》っている。

それからポジションチェンジして充がハイドンのセレナーデ、バッハのG線上のアリアを弾き、再び楽器を変えて大智がチャイコフスキーのアンダンテカンタービレを弾く。ラストに充がバイオリン、大智がピアノで伴奏してモーツァルトのバイオリンソナタ第三十三番を弾いた。

久蔵は充が弾き終えたと同時にまた大声で「ブラボー‼」と大きな拍手をくれた。

充にも分かってきた。噂通り耳の肥えた男は、本当に確かな耳を持っている。充と大智のモーツァルトはかなり練習量があり、精度も高かった。それに比べセレナーデやG線上のアリア、アンダンテカンタービレは急場で合わせたのでまだ甘い点が多々あったのだ。モーツァルトだけブラボーと叫んだ久蔵は、かなりの審美眼だ。

「二人ともこちらへ」

演奏を終えて心地よいざわめきの中、充と大智は杉井に呼ばれて久蔵のいる円卓に近づいた。

久蔵は充と大智の顔を見て、ようやく建設現場で会った若者だと気づいたようだ。

「ああ、君たちはあの時の…。あなたたちがこんなに素晴らしい弾き手とは知りませんでしたよ。改めて自己紹介させてください。十文字久蔵と申します。お二人はバイオリンもピアノも

お上手だが、やはりバイオリンのほうが本職のようですね。モーツァルトは大変素晴らしかった。感服しました」

　十文字久蔵が立ち上がって充たちに握手を求める。礼を言いつつ充たちは順番に久蔵の手を握った。優しく握られてなんだか照れくさい。杉井に勧められて、椅子を持ち寄って同じ円卓に座った。

「やっぱり本番は違うのねぇ。すごく素敵だったわ、二人とも」

　菊が惚れ惚れとした顔で大智を見て告げる。舞も頬を赤らめてこくこくと頷く。二人とも紅葉《もみじ》や鶴《つる》をあしらった着物を着ていて、いかにもいいとこの御嬢さんといった感じだ。

「ほっほっほ。どうですか、久蔵さん。私の目が節穴だなんてもう言わせませんよ！」

　杉井は充たちを褒める久蔵を見て、ひどく嬉しそうだ。どうやらかなり馬鹿にされたらしい。あまりクラシックも知らないようだし、多分通ぶって本物から手痛い叱責を受けたのだろう。

「失礼ですがお二人はどちらでバイオリンを学ばれたので？」

　久蔵から当然といえば当然の質問を受け、大智がまた「留学していたことがあって…」と適当に濁しつつ答える。

「バイオリンを見せていただいても、よろしいですか？」

　大智の答えにふんふんと頷いていた久蔵が、充の持っているバイオリンを見て尋ねてきた。

「あ、どうぞ」

　充が何気なく渡すと、ふっと横で大智が困ったような目をした。その時は理由が分からなかったのだが、バイオリンを渡された久蔵がしげしげと眺めるのを見てどきりとした。充のバイオリンは百年くらい前に造られたイタリアの特注品で、内部に製造年月日が記されている。どこで手に入れたのかと聞かれたらなんて答えればいいのだろう。

「良い楽器ですね。とても使い込んであるようで音が素晴らしい。どちらの楽器ですか？」

久蔵は楽器を眺めて興味深げに聞く。バイオリン内部に記載されている会社名はイタリア語だったので読めなかったようだ。内心ホッとして充は頭を掻いた。

「えっと……親の形見で…どこのかは、知らない…です」

苦し紛れにそう伝えると、菊が「そうだったの」と驚いたように目を見開いた。

「ミツルさん、親を亡くされていたの？　知らなかったわ」

「えっと、あのそれをくれたのは親っていうか育ての親…。あの俺、養護施設…孤児院で育ったもんで…えーと大智の家に世話になってて」

汗をだらだら掻きながら話していい情報だけを言おうとしたが、言っているうちに自分でも辻褄《つじつま》が合わなくなりそうだったので、養護施設で育ったという真実を混ぜることにした。本当はバイオリンは養父にもらったもので、まだ生きている。勝手に殺してごめんと胸の内で謝っておいた。形見と言えばあまり突っ込まれないと思ったのだ。

「俺と充は幼馴染みみたいなもので、ずっと一緒に育って音楽をやっていたんです。な、そうだよな、充」

横から大智が助け船を出してくれて、充は急いで頷いた。

「久蔵さんは、音楽がお好きなのですね。この前会った時はモーツァルトがお好きだとおっしゃっていましたが？」

大智は久蔵に話を振って充の話題から逸らしてくれる。久蔵はバイオリンを充に返し、嬉々としてモーツァルトについて語り始めた。

「そう、モーツァルトが好きでね。彼の、なんていうか壊れた音楽というのかな、あの不協和音がぞくぞくするんですよ。彼は天才ですね、音を破壊していく。彼の世界に引き込まれているうちに、新しい世界が構築されていたことに気がつく。彼の完璧な調和に最後はうっとりしますよ」

「どんな曲がお好きなんですか？」

大智と久蔵が楽しげに話を続けている間に、充は楽器をケースにしまった。これからは前もって語れるエピソードを決めておこう。あやうくぼろが出るところだった。ここで変なことでも口走ったら、杉井邸から追いだされて路頭に迷う。

女中が運んできた紅茶に口をつけ、充は肩に入っていた力を抜いた。舞が不思議そうな顔で見ている。さりげなく視線を逸らし、他の人が話す内容に適当な相槌を打った。

茶会が終わり、充と大智は無事役目を終えて肩の荷を下ろした。久蔵はすっかり充たちを気に入ったようで、帰り際にぜひ今度我が家にもいらしてくださいと告げたほどだった。

車のところまで客を見送り、すべての来客が帰って行った後、杉井は満面の笑みで充と大智の肩を上機嫌に叩いた。

「でかしたぞ、君たち。久蔵さんがやっと私の話に耳を傾けてくれた。これで私も出資者の一人に加われる」

高らかな笑いと共に杉井は充たちを褒め称える。

「出資者…というと?」

大智が気になったそぶりで聞くと、杉井は顎を撫でながら説明してくれた。

「今建築中のアルト公会堂の出資者として私の会社が名前を連ねることができるのだよ。久蔵さんは音楽のいろはも分からぬ輩に金を出されたくないと突っぱねていたが、今回のことで私を見直したようだ。それもこれも君たちのおかげだ。次の茶会も頼んだぞ」

「そうなんですか」

大智は納得した様子で杉井と話している。充は片づけをしている女中に余っている練りきりがないか聞いて回っていた。運よく二つ手つかずの品があって、お願いして分けてもらう。今日は騒がしくすると怒られるとあって大人しくしていた由紀彦が、今は解放されて廊下を駆けまわっている。

「大智、練りきりゲットだぜ」

もらった練りきりを抱えて離れに戻ると、バイオリンの手入れをしていた大智が顔を上げて微笑んだ。

「練りきり？　ああ和菓子か」

練りきりと一緒にお茶も運んできたので、大智が壁に立てかけてあったちゃぶ台を広げる。熱い湯の入った急須をちゃぶ台に置き、充は二人分の茶を淹れてまったりと和菓子を食した。

「あー終わった後の一服は癒《いや》されるー」

充がしみじみと呟くと、大智が思いだしたように声を潜めて尋ねてきた。

「刈谷さん、亡くなってないよな？」

「ないない。わりぃ、口からてきとー言っちゃった」

久蔵との会話を思い出した大智と、ひそひそ声で話し合った。充の育ての親である刈谷俊一《しゅんいち》はコンダクターとして日本でも指折りの巨匠で、今も海外を飛び回っている。大智も何度か会ったことがあり、刈谷も充と会うたびに元気にしているかと聞くほどだ。

「でも危なかったな。俺たちって突っ込まれるとホント、言い訳苦しいわ。俺なんかここじゃ十六歳くらいに思われてるのに、こんな高い楽器持ってるとか辻褄あわねーもんな」

もっとちゃんと設定を煮詰めておけばよかったと後悔して、充は茶をすすった。

「思ったけど、お前はいいとこのぼっちゃんと思われてるんだし、このバイオリンお前のってことにしとけばよかったよな」

今さら遅いがそのほうがすんなり納得してもらえたような気がしてならない。大智は育ちがいいせいか、何も語らなくても自然といいとこの坊ちゃんに見える。一方充はやはり育ちの悪さは隠せないのか、庶民っぽくしかなれない。

「それは駄目だ。これはお前の楽器だろ。嘘でも俺のなんて言えないよ」

妙にきっぱりと大智に拒絶され、充はそうかーと上目遣いになった。こういった筋の通らないことが大智は嫌いだ。充は気にしないのに。けれどそういった大智の態度は好ましいと感じている。

「それよりあの久蔵さんの名前、どこかで聞いたことあると思ったら、アルト公会堂を造った人の名前だったな。多分パンフレットで見たか、アルト公会堂に行った時にでも見たんだろう。杉井さんの名前はなかった気がするけど…会社名までは覚えてないな」

「ふーん。でもすげぇな、あの人。耳は確かだよ」

「まったくだ」

あれこれと大智と和菓子を食べつつ話していると、引き戸のガラスに影が映り、菊の声が聞こえてきた。

「お邪魔していいかしら?」

どうぞと答えると、菊と舞がカゴにどら焼きを積んで遊びに来ていた。二人とも着物は脱いでしまい、今はワンピースに着替えている。

「お客様からのいただきものよ。ミツルさん、甘いものがお好きなんでしょう? 持ってきてあげたわ」

「お、嬉しいー」

充が練りきりを求めて女中の間をさまよっていたのを知ったのか、菊がどら焼きをかごいっぱいにして渡してくれた。二人とも笑顔で部屋に入ってきて、改めて充と大智の演奏を褒め称える。

「本当に素晴らしかったわ。二人とも真剣な顔で…殿方がバイオリンを弾くのって素敵ねぇ。それに久蔵さんがあんなに手放しで褒めるなんて初めてなのよ」

「ええ、素敵でした…」

菊のはしゃいだ声の後に、舞も頬を赤らめてつけ足してくれる。充が久蔵について聞くと、どうやら元華族でやんごとなきご身分の方らしい。音楽に対する造詣《ぞうけい》が深く、日本にもっとクラシックの良さを広めたいと活動しているそうだ。話を聞いていてやっと分かったのだが、杉井はいわゆる成金という奴で、金持ちではあるが名誉がない。だから茶会をよく開き、権力者や身分の高い人間と交流を持ち、自分も社交界の仲間入りしようと目論《もくろ》んでいるらしい。

アルト公会堂の出資者の末席に名を連ねることは、そう言った意味でも重要で、杉井はなんとしても久蔵にとり入りたかったそうだ。

「あなたたちのおかげで、父もすごく喜んでいるわ。ね、ところで…」

菊は大智の手にあるバイオリンを見て、いたずらっぽく微笑んだ。

「私にもバイオリンを教えていただけないかしら？　少し弾かせて。二人が弾いているところを見たら、羨ましくなって」

菊が両手を合わせて頼み込むようにする。大智が充をちらりと見た。

「あ、駄目」

即座に拒否した充に、大智と菊がびっくりした目をする。特に大智は充がバイオリンを貸すと思っていたみたいで、目を丸くしていた。

「どうして？　南さんには遠慮なく貸しているじゃない。ちょっとでいいから、弾かせてよ」

身を乗り出すように菊に頼まれたが、充はあっさりと首を横に振った。

「無理。や、駄目でしょ。初心者には触らせないよ。音が悪くなる。大智は特別」

菊にはバイオリニストにとっての楽器がどういうものかよく分かってないようだ。バイオリンは弾けば弾くほど音色が艶を増す楽器だ。もちろん上手い弾き手が弾けば、それはさらに素晴らしいものになる。

この時代に来て充は大智には躊躇なく自分のバイオリンを貸しているが、それはあくまで大智という弾き手を信頼しているから渡しているだけであって、他の人間には触らせたくないし、弾かせるなんてもってのほかだ。

「そんなぁ…」

菊は不満顔だが、大智は逆にこぼれるような笑顔を見せている。大智も自分に対する信頼を感じたのか、こちらが引くほどの喜びようだ。

「菊さん、杉井さんにねだって新しいバイオリンを買ってもらえばいいじゃないですか。そうしたら俺が指導しますよ」

「あらそう？」

「そうよ、姉さま。そうしましょうよ」

菊は大智と舞に新しい楽器購入の提案をされ、機嫌を直してくれた。しばらく話しているうちに空が暗くなり、菊と舞は母屋に戻っていった。

大智は二人きりになるなり、気持ち悪いほどニヤニヤしている。

「キモいぞ」

「うーん。だってなぁ…お前はてっきり菊さんに貸すと思ってたんだけど…。そうか、お前俺のことそんなに信頼してたんだな。俺はすごく嬉しいぞ」

大智は再びバイオリンを磨き始めて、にんまりしている。そもそもバイオリンを磨くことすら許可しているのは大智にだけだと分かっているのだろうか。そう言おうかと思ったが、余計気持ち悪くにやつきそうだからやめておいた。

「つかお前だってそうだろ。お前、自分のバイオリン人に貸せるの？」

「確かに俺も信頼している相手だけだな。そもそもあんまり貸してくれなんて言われないからなぁ…。他人の楽器って扱いづらくないか？　お前のバイオリンも最初は俺に馴染まなくて大変だったぞ。俺の持ってるのとは少し音色が違うんだよな…」

「そう言われてみるとお前と共有するようになってから、ちょっと俺の楽器、性格変わった気がする…」

ああだこうだと他人が聞いたら不思議な話を続け、充は磨かれて艶々のバイオリンを見つめた。大智のバイオリンの手入れは繊細で、手あか一つ残さないくらい神経質だ。こちらは助かるが、こういうところも性格が出るなと感心した。

「充」

バイオリンをケースにしまった大智が、急にそわそわしたそぶりで身を寄せてきた。なんだろうと思って顔を向けると、やけに期待した目で大智が自分を見ている。

「何？」

べったりくっつくほど近づかれたので、つい怯んで身を離すと、また迫ってくる。

「だからなんだよ？」

大智を押しのけようとして手を突きだすと、今度はぎゅーっと抱きしめられた。暑苦しいほどの抱擁に充は照れくさくなって大智から離れようとした。するとそれを制すみたいに大智がさらにきつく抱きしめてくる。

「あのなぁ…お前は俺のこと好きなんだと思うぞ」

大智に囁かれ、充は動揺して固まった。

「なんだそれは。俺を暗示にかけようとしているのか」

「だって俺は特別なんだろ」

耳元で甘い声を出され、充は頬を朱に染めた。

「まぁ特別は特別だよ…。別に…それは知ってるだろ」

「なんとなくは分かってたけど、口にされるとドキドキするんだよ」

「アホか」

からかわれている気になって少し強めに大智の胸を押し返すと、ふいに耳朶を食まれた。びくりとして充は身をすくめ、わずかに顔を上げた。大智は唇で充の耳朶を甘く噛み、ぬるりと舌を差し込んでくる。

「ば…っ、ちょ、やめ」

くすぐったいのと恥ずかしいのとで焦った声を出すと、大智の唇はすぐに耳朶から離れた。ホッとしたのも束の間、大智の手が顎を持ち上げ、深く唇を重ねられる。

「う」

大智は火がついたみたいに、充の唇に激しくキスして体重をかけてきた。慌てて後ろ手をついたが、大智がキスしたまま押し倒してきて、そのままなし崩しに畳に押しつけられる。どさりと畳に頭がついた時点で、大智の唇は離れた。けれど間近から強い視線で見つめてきて、充を呪縛《じゅばく》にかける。

「充…、なぁ…触らせて」

大智が上擦った声を上げる。びっくりするような発言をされて、充は「えっ⁉」とすっとんきょうな声を出した。

「さ、触るってどこを」

畳に押し倒されて、逃げられないように大智が覆い被さってくる。充が動揺した声を返すと、大智の手が胸元を撫でた。てっきり下半身だと思っていたので、胸を触られて安堵したのは事実だ。

「おい、俺の胸は平らだぞ…」

「分かってるよ」

大智の手が充の着ていたシャツにかかり、一番上のボタンを外される。充は慌てて大智の手を止めようとしたが、強引に衣服を脱がされていく。

「え、脱ぐの？　ちょ、待った、なんかやべぇだろ」

シャツがはだけて、さすがに危険な雰囲気になってきたと気づき、充は大智の身体の下から逃げようとした。けれど大智は充が抗えば抗うほどやっきになって、充から衣服を奪い去っていく。

「大智ってば…っ。まだそこまでさせるとか、ゆってねーし」

「いいから触らせろ。抵抗するな」

「おさわり禁止ですーっ」

シャツを脱がそうとする大智と、それを阻止しようとする充で、じたばたと暴れた。攻防はかなり長く続いた。充も懸命に抗ったが、三十分近く抵抗していると、だんだん馬鹿らしくなってきた。それに抵抗するのも体力がいるので、充も大智もぜいはぁと息を荒らげている。そんな自分たちの姿がひどく滑稽に思えて力が抜けてしまった。

「たく…もう、馬鹿大智…」

ぐったりして充が抵抗をやめると、大智が目を輝かせて充のシャツを全開にした。たかが上半身が裸になったくらいで羞恥心を覚えるのも変なのだが、大智の目が特別な色を帯びているので妙に意識してしまう。そして案の定、もっと恥ずかしい目にあった。大智がいきなり乳首に吸いついてきたのだ。

「ぎゃっ。馬鹿馬鹿、やめろ、変態」

同じ男から乳首を吸われたのなんて初めてで、恥ずかしいやら気色悪いやらで充は身悶えた。やめろと言っても大智は聞く耳を持たず、充の乳首を軽く噛んでくる。

「痛い！」

大智に乳首を噛まれて、びっくりするあまり叫んでしまった。すると大智は舌先で乳首を弾き、充の胸元を唾液で濡らしていく。

「うえ…、なぁ…大智、やめろって」

大智が自分の乳首に吸いついている図というのがどうにも居たたまれなくて、充は懸命に大智を引き剥がそうとした。けれど大智は抵抗する充の両手首を握り、音を立てて乳首を吸ってくる。最初は困った声を上げていた充だが、長々と乳首ばかり弄られていくうちに、変な気分になってきて戸惑った。

時々――本当に時々だが、ぞくっとする感覚が起こる。気のせいだと気を散らしてみても、大智が舌先で激しく乳首を叩いたり、唇で引っ張ったりすると、それが身体の熱を上げていく。

「大智…、マジ気持ちよくないからもうやめようよ…」

かすれた声で頼んでみたが、大智は乳首を吸ったまま、ちらりと充を見るだけで乳首を弄るのをやめてくれない。どれくらい弄っていただろうか、やっと離してくれたと思ったら、今度はもう片方の乳首を舐め始めた。先ほどまで大智が吸っていた乳首は濡れて光っている。まだあまり弄られていないほうの乳首に柔らかく歯を当てられ、充は思わず息を詰めた。

「……っ、大智…っ」

片方の乳首だけではなんともなかったのに、もう片方の乳首を舌先で嬲られたとたん、かぁっと腰に熱が灯った。大智の舌先で弾かれて、乳首が硬く尖るのが分かる。それは大智も分かったのだろう。充の手首を離し、先ほどまで吸っていた乳首を指先で摘んだ。

「…っ、ん…」

両方の乳首を弄られて、充の身体にもはっきりとした快楽が感じられた。舌で舐め回され、指先で摘まれ、びくっと身が跳ねるくらい身体が変化する。

「大智、やだ、なんかやばい」

乳首で感じるなんて初めてというのもあって、充は動揺して大智の身体の下から這い出ようとした。それを遮るように大智が乳首から唇を離し、充の腰にまたがって上から体重をのしかけてくる。

「逃げるな」

大智が潜めた声で制し、充を見下ろしてきた。怖いくらい真剣な目で見据えられ、鼓動が速まる。大智は充の両方の乳首を指で摘み、引っ張ってぐりぐりとこねる。まただ。両方の乳首をいっぺんに責められると、変な声が上がりそうなほど身体が熱くなる。

「大智…やだって…」

ひどくいやらしい真似をされているのに気づき、充は腕で顔を覆って吐息を震わせた。大智が常にないような威圧感で充を押さえ込んでいる。殴り倒して逃げるべきなのか判断がつけられず、充はびくびくと悶えた。乳首は弄られれば弄られるほどに甘さを増し、呼吸が自然と荒くなっていく。

「充、感じてるんだろ…」

乳首をぎゅっと押しつぶすようにされて、充はひくりと腰を動かした。大智の指の中で充の乳首は今は痛いほどしこっている。ずっと弄られ続け、大智が指を離してもつんと上を向くくらいだ。

「もう離せって…、ば…、男の胸触って何が楽し、い…っ」

長時間乳首を愛撫されて、充も動揺してきた。乳首で感じている自分が変態に思えるし、大智がいつまで続けるのか分からなくて怖くなる。もう離してくれと何度言っても、大智は乳首を指先で弾くだけだ。

指で乳首を嬲っていた大智が、また屈み込み、唇を近づけてくる。舌でねろりと舐められて、充はぶるっと身を震わせた。

「や、だ…っ」

舌先で硬く尖った乳首を弾かれて、引き攣れた声が飛び出した。大智は充の静止の声にもお構いなしで、舌先で乳首を引っ張る。ずきんと電流のような甘い感覚が腰に伝い、充は思わず「あっ」と甲高い声を上げてしまった。

「……っ」

自分で自分の出した声に焦り、急いで口を手で覆う。大智は充の声に煽られたように、きつく乳首を吸う。

「んぅ、…っ、ふ、ぁ…っ、だい、ち…っ」

わざと音を立てて乳首を吸われ、どうにも堪えきれない快楽に充は翻弄された。下腹部がずきずきと疼《うず》き、唇を噛んで充はその気を散らそうとした。

その時、引き戸の向こう側から足音が聞こえて、充も大智もどきりとして静止した。

「お食事の用意ができてございます」

女中頭のウメの声だ。こんな状態を見られたら大変だと思い充がどぎまぎしていると、大智は「すぐ行きます」と涼しげな声で応対した。ウメは大智の返答を聞き、母屋に戻っていく。充は大智の身体の下で息を乱し、呆然として大智を見上げた。

「……」

大智は少しの間じっと充を見つめ、すっと身体をどかした。充はのしかかっていた男の身体が消え、動揺しながら身体を起こした。乱れたシャツを掻き合わせ、膝を抱えて視線を泳がせる。大智は何も言わない。充は自分の下半身が勃起しているのを知り、羞恥心を覚えて膝の中に顔を埋めた。ともかくこれを治めないと、ご飯どころではない。

「馬鹿野郎……お前しつけぇよ…」

充が詰るように告げると、大智はほうっと息を吐き、充に背中を向けた。

「ん…」

大智は生返事をして、空中に視線をさまよわせている。変な間があり、充も大智も背中を向けたまま黙り込んだ。シャツの下でまだ乳首が硬くしこった状態だ。懸命に気分を散らそうとして、充は呼吸を繰り返した。


大智が変な行動に出たせいで、その日は食事の最中も風呂を終えてもろくに目も合わさない状態になった。今まで意識したことがなかった場所なのに、シャツに乳首が擦れるだけで、落ち着かなくなる。

急に大智と何をしゃべればいいのか分からなくなり、風呂から出た後も、離れで同じ空間にいるのが気詰まりになった。大智から話を振ってくれればいいのに、向こうは向こうで思うところがあるのか沈黙を貫いている。窓の外が暗くなり、もう眠る頃合だが、充は大智と二人でぎこちない空間を身じろぎもせずに過ごしていた。居づらいならいっそ部屋を出て行けばいいのだが、お互いに動いたら負けのゲームをしているみたいに背中を向けて無言だった。もうそろそろ夜も更けたし眠りたいのだが、大智は身じろぎもしない。

「……」

その大智が立ち上がったのは三十分くらいしてからで、いきなりだったので充はびくっとした。大智は決意したように押入れから布団をとりだし、自分の分を敷き始めた。もう寝るという合図だろう。大智が布団を敷き終わったのを見て充も急いで自分の布団をとりだした。充が布団を敷いて電気を消すと、大智は布団に潜り込んだ。それに倣って充も布団に入り、大智に背を向ける形で壁を見つめた。

このまま眠って明日目が覚めたらいつも通りに振る舞おう。

そんな思いを抱きながら目を閉じたが、なかなか眠れない。鼓動は鳴りやまないし、大智の寝息が全然聞こえてこなくて安心できない。暗闇に慣れた目で天井を見上げると、顔の形に似たしみが広がって見える。

「充…」

ふいに名前を呼ばれて、どきっとして充は身体を硬くした。

「そっち、行っていい？」

暗闇の中、大智の潜めた声がする。そんな誘いをかけてくるとは思わなかったので、返答に苦しんだ。いい、とも言えないし、駄目だというのも違う気がする。

「……えっと…」

どう答えればいいか分からなくて考え込んでいると、布が動く音がして、大智が身体を起こしたのが分かった。大智が近づく気配がして、充はびびって頭から布団をかぶった。

「や、やっぱ駄目。なんかお前こええ」

情けない声で充が告げると、布団の上から身体を揺さぶられる。眼鏡をかけていない大智が屈み込んで、充から布団を引き剥がそうとした。

「こわ…くはないだろ？　怖くしない。充…」

「嘘つけ。このおっぱい星人が。また俺のおっぱい吸うのか？」

引き剥がされまいと攻防を繰り返し、充は意地悪く囁いた。とたんに大智は暗闇でも分かるくらい息を呑み、布団を揺さぶるのを止めた。

「……俺、頭が馬鹿になった」

苦しげな声音が聞こえてきて、充はおそるおそる布団の隙間から大智を覗いた。大智は布団に突っ伏し、頭を抱えている。

「お、おい…。大丈夫か？」

「俺はおっぱい星人じゃない！」

「んな大声で言うことじゃねぇぞ…」

顔を上げた大智は真剣な顔で宣言している。

「違う、あれは…その、本当はもっと別のところを触りたかったんだが、拒否されるのが怖くて…。とりあえず胸はＯＫなのかなと思って、だから俺は胸が好きというよりは」

「説明すんなって！」

生真面目に説明する大智を大声で制すと、充は再び頭まですっぽりと布団をかぶった。それまで無言だった大智がやっといつものようにしゃべってくれたので、内心少し安堵していた。大智は黙ると何を考えているのかよく分からないので怖いのだ。

「お前すげぇやりたいって匂いがぷんぷんする。このケダモノがっ。やだって言ってもやめてくんねーし、なんかやっぱこえーからもっと離れろ」

「そんなに嫌がってなか…」

失礼なことを大智が口走ったので、最後まで言わせず布団から拳を突きだした。大智の腹にヒットしたらしく、呻き声を上げている。

「……充、このままじゃ俺、お前の横で一人で始めてしまうかもしれない」

布団にうずくまっていた大智が、思い詰めた声で呟きだした。充は仰天して布団から顔を出し、暗闇の中丸まっている大智を見た。大智は両手で顔を覆い、充からの視線に怯えている。まさかあの清潔好きの大智が、自分の隣でオナニーを始めるなんて言いだすとは思わなかった。驚愕のあまり、充も目が点になった。

「お前頭がどうかしちゃったのか？　何言ってるか、自分で分かってる？」

「分かってるよ。俺はお前を抱きたくて、頭がおかしくなってる。この上お前の目の前で自慰なんかしたら、俺は明日自己嫌悪で不忍池に飛び込むしかないだろう」

「は、はぁ？　ばっか、お前。なんつー脅しだよ、それ」

「お前が好きだ」

唐突に愛の言葉を囁かれて充はどきりと息を止めた。大智はうずくまった状態で、腕の中に顔を隠している。

「お前のことが好きすぎて変になりそうだ。今お前を抱けなければ気が狂う。俺はこの時代に逃げ場がないんだ。お前に拒絶されたら、不忍池に飛び込むしかない」

くぐもった大智の声が耳に届いて、充は絶句して固まった。大智は相変わらず布団に突っ伏していて、こちらを見ようとはしない。単なる脅しなのか、本気で言っているのか、充は大智の真意が見えなくて凝視した。

奇妙な沈黙が訪れた。大智は充に選択権を任せたみたいで黙りこくっている。充はどうしていいか分からず部屋の隅を見たり、大智の動かない丸まった背中を見たりした。

「……あのなぁ、お前。池に飛び込むなんて俺にしか通用しない脅しだぞ…」

沈黙に耐えかねて充が囁くと、やっと大智が顔を上げた。本人もどういう表情をしていいか分からぬ様子で、「それもそうだな…」と呟いた。

「お前はなんだかんだ優しいから、強く押せば受け入れてもらえそうな気がして…」

「なんだそれ。……お前さ、がっつくのやめろよな」

そろそろと布団から這い出て、充は小声で言った。大智が途方に暮れた顔で充を見つめる。

「がっつかれるとマジこえーんだって。俺けっこうびびりなの、知ってんだろ？　ゆっくりやってくれよな、ゆっくりだぞ」

「充…」

ぱぁっと大智の顔が輝いて、突然両手を広げて抱きついてきた。許しを得たと思い、大智が激しく抱擁して充を押し倒す。

「だからゆっくりって言ってるだろ！」

充が逆上したように叫ぶと、大智はハッとして身体を離し、大きく深呼吸をした。

セックスの経験はあっても、硬い身体をした同じ男からキスや愛撫をされるのはまったく別の行為に感じられた。こいつこんなふうに女を抱くのかと思ったり、違和感を覚えたり、それに一番困ったのが――嫌悪感がほとんどなかったことだ。キスをされた時から気づいていたが、充にとって大智は特別な人間だ。他の男から抱きたいと言われたら速攻で断っていたものを、大智が言ったから一歩先へ進んでみる気になった。

触れ合う肌から大智の熱い想いが伝わってくる。狂おしく自分を乞う大智の恋情は、気持ちよくさえある。

「う…、勃っちゃったよ。お前の前で恥ずい…」

あちこち舐められたり揉まれたりしているうちに充の性器が硬くなり、充は布団の上で身悶えた。すでに浴衣は大きく前を割られ、乱れに乱れている。大智は充の足から素早く下着を引き抜き、最初は手で性器を扱いてきた。大智の手で扱かれるのは強烈な恥ずかしさを感じた。大智がつねにない食いつきぶりを見せて人の下腹部を見るものだから、隠したくて仕方ない。

「う、わぁ…」

ふいに大智が屈み込んできたかと思うと、性器を口に入れてきたので、充は驚いてびくりと跳ね上がった。

「え、舐めたりして平気なの？　お前潔癖症じゃないのかよ」

勃起した性器を口の中に含んだ大智にうろたえ、充は上擦った声で必死に気を散らした。生温い口内で敏感な場所を包まれると、さすがに息遣いが荒くなっていく。

「俺は潔癖症じゃない…、綺麗好きなだけだ」

充の発言が聞き捨てならなかったのか、何度か口で性器を扱いた後、大智が不満げに否定してきた。

「どう違うんだよ…、…うっ」

濡れた性器を手で擦られ、充はびくびくと腰を蠢かせた。

「ぜんぜん違う、っていうかお前のは…平気…。いや、むしろ…好き、かも」

そう言うなり再び大智が充の性器を銜えてくる。深く咽の奥まで引き込まれたかと思うと、ずるーっと抜きだして舌先で尿道をぐりぐりと弄る。大智の愛撫は執拗で、急速に充は息が乱れ、全身が熱くなった。

室内に大智の口淫する音が響く。先端を吸うようにされ、充ははぁはぁと息を喘がせた。

「お前、なんでそんな上手いの…？　誰かのやったことあんの？」

しゃべって意識を拡散しておかないと、すぐにでも達してしまいそうで、充は身悶えつつ大智に問いかけた。大智は充の問いに驚愕して口を離し、濡れた口元を拭った。

「あるわけないだろ、こんなのお前だけだ。俺はゲイじゃないんだ……今のところは」

大智は焦った様子で否定している。大智がゲイでもノーマルでもどちらでもいいが、相手も初めてと分かり少し安堵した。あまり情けない姿はライバルとして見せたくない。

「な、もう離して…。すぐイっちゃいそうだから…、俺だけって恥ずかしいからお前のも扱かせて」

息遣いが激しくなってきて、充は下腹部に吸いつく大智の頭を押しのけようとした。大智は口内から硬く反り返った充の性器を引き抜き、乱れた呼吸を吐きだした。

「俺は後でいいから…、その……もっと舐めてもいい？」

大智は上半身を起こして、充を見下ろしている。快楽に包まれて布団の上にぐったりと身を投げだしていた充は、目元を赤く染めて小さく頷いた。

「いいけど…イきそうになったら離してくれよ…？」

一方的に愛撫されるのはずるいのではないかと思ったが、大智はそれでいいみたいだ。大智の前であっという間に達してしまうのだけは避けたいと思ったものの、気持ちよさには抗えず充は大智に身体を委ねた。

「え」

大智が両足のひざの裏に手をかけた。何をするのだろうと思って一瞬抵抗が遅れてしまい、気がつくと大智に両足を持ち上げられていた。

「わわ…っ」

大智は充の足を胸につくほど折り曲げると、突然充の尻の穴を舐めてきた。舐めていいといったのはそこじゃないと焦り、充はじたばたと暴れた。

「お…、お前、そんなとこ…馬鹿…っ」

尻の穴を突くように舐められ、声が引っくり返る。不安定な体勢で尻を掲げられているので、暴れてもあまり効果がない。大智はすぼみに舌を差し込むようにしてあらぬ場所を愛撫している。

「だ、大智、変態っぽい…」

舌先ですぼみを弄られて、背筋をぞくぞくとした寒気が襲う。充が足の指先を開いたり閉じたりして蠢くと、大智はようやく尻のはざまから顔を離してくれた。

「それは否定しない…」

「こ、この人認めた…、ひゃ…っ」

顔が離れてホッとしたのも束の間、大智が指を尻の奥へと差し込んできた。異物が入ってくる圧迫感に怯え、充は大智の浴衣のすそを引っ張った。

「ば、馬鹿、まだ入れていいなんて言ってねぇっつの…っ」

「ごめん、入れていい？」

「入れた後で言うな…っ」

大智は根元まで指を入れると、慎重な動きで中を探ってきた。内壁を指で辿られて、鼓動が速まる。大智の指は膀胱の裏側辺りを滑るように動き回り、やがてある一点を執拗に弄り始めた。

「う…っ、ん…っ、ぅう…」

中指で身体の奥を擦られている間、充の性器は萎えないままだった。それどころか少しずつ身体の中心から熱を帯び、気持ちいいとまではっきり言えないが、時々ぞくりとする感覚が襲ってくる。大智はアナルセックスをしたいのだろうかと頭の隅でぼんやりと考えていた時、ふいに電流のような甘い感覚が充の唇を開いた。

「あ…っ」

思わず漏れ出た甲高い声に、大智がぴくりと身体を揺らす。充自身も驚いて口を閉ざそうとしたが、内部を指で刺激され、急速に息が荒くなっていく。

「ん…っ、う、や…っ、大智、そこやば、い…」

一度感じてしまうと、擦られるたびに呼吸が乱れてくる。初めての感覚に不安を覚えて充は腰を引こうとした。すると大智が屈み込んできて、充の勃起した性器を再び口に含む。

「う、ぁ…っ、はぁ…っ、大智、マジでやばい…って」

口で扱かれながら内部に入れた指を動かされ、今まで経験したことがないほど気持ちよくなってきた。どんどん性器が濡れてきて、唾液だけのせいではないと分かる。射精が近い。充は息を荒らげ、ひくりと腰を震わせた。大智は入れた指で入り口の部分を広げるようにしながら、顔を上下する。奥と性器をいっぺんに愛撫され、充は大智の浴衣をきつく引っ張った。

「ちょ…、出ちゃう…、はぁ…っ、は…っ、大智、出ちゃうから離せ…っ」

腰から下が感じて力が入らなくなり、びくびくと爪先が泳ぐ。このままでは大智の口の中に射精してしまいそうで、充は必死になって腰を引こうとした。

「ひ…っ、はぁ…っ、は…っ、大智…っ」

充が焦れて大智の頭を押しのけると、まるで逆らうみたいに大智が深く口内に性器を引き込み、奥をぐりぐりと突いてきた。大智は唇と舌を充の性器に絡ませ、ゆっくり動かす。先端の部分をじゅっときつく吸われ、充は背筋を大きく反らした。

「ひ…っ、は、ぁ…っ‼」

とうとう堪えきれず、充は声を上げて絶頂に達した。やばいと思ったのに、促すように大智に性器を吸われ、口の中に精液を吐きだしてしまう。

「はぁ…っ、はぁ…っ、はぁ…っ」

高い場所から突き飛ばされたみたいに、一気に脱力した。ぐったりと身を投げ出し、ようやく腰から離れた大智の顔を見る。大智は充の内部から指を抜きとり、不可解な顔をして口を押さえた。その咽が嚥下する。

「馬鹿…、飲んだのか？」

真っ赤になって充が問うと、大智は頷いて唇を拭った。まさか大智が精液を飲めるなんて思わなかった。大智自身も驚いたように浅い呼吸を繰り返し、熱っぽい眼差しで充を見た。

「イってくれて嬉しかった…。飲めるもんだな、お前のことは好きでも絶対無理だと思ってた。美味しくはないけど、お前をイかせられたからかなり興奮してる…」

不思議そうな顔をしている大智を見ていると、こちらまで動揺する。充はまだ呼吸を荒らげたまま上半身を起こし、大智の身体を逆に押し倒した。

「な、なんだ?」

大智はびっくりした顔でのしかかってきた充を見返す。充は無言で大智の浴衣のすそを割り、大智の下腹部を露わにした。そこはもうすでに下着越しでも分かるくらい膨らんでいて、大智の性欲を見せつけている。

「俺ばっかずりぃ」

充は無造作に大智の下着を引きずり下ろした。大智の性器は下着を下ろすなり、ぶるりと揺れて天を向く。同じ銭湯に入っていた時も思ったが、けっこういいモノを持っている。勃起したところを見たのは初めてだが、カリも高いし長さもあって同じ男として憎たらしい。充より少し毛深いところも妙に色気がある。

「飲むのは無理だけど…舐めるのはできる、と思う」

充はそう囁くなり、大智の性器に手を添えた。軽く扱いて頬を寄せると、大智が上半身を起こして充を凝視する。

「ん…っ」

初めてだったので最初は舌先でちろちろと舐めるしかできなかった。裏筋に舌を這わせ、自分が気持ちいいと感じる場所を舌で辿ってみた。慣れてきてようやく口の中に大智の性器を引き込む。歯が当たらないようにするのが大変で、おぼつかないやり方で口を動かしていると、大智の息遣いが目に見えて荒くなった。

「充…」

大智の手が充の髪を撫でて、かすれた声が充の名前を呼ぶ。徐々に大胆になってきて、充は先端の小さな穴を舌先で刺激した。大智の腰がびくびくする。深く銜えると、大智の性器が息づいているのが分かるし、変な感覚だ。

ふと思いついて大智の性器を口に銜えたまま顔を上げると、ばちりと大智と目が合った。とたんに暴発したみたいに、口の中にどろりとした液体が吐きだされる。驚いて充は口を離し、大量の精液をこぼしてしまった。

「はぁ…っ、はぁ…っ、ご、ごめ…」

大智は頬を朱に染め、肩を上下して息を吐いている。

「イくならイくって言えよ…っ」

突然出されたので、顎から胸へと精液がこぼれ出た。充は口の中に出された分だけ嚥下し、残りはタオルで拭きとった。粘度のある液体はいつまでも口の中に残って消えない。井戸に水を汲みに行こうかと迷っていると、大智が充の肩を押してきた。

「充、入れてもいい？」

射精して落ち着いたと思った大智は、逆に興奮を増していた。切羽詰まった目で見つめられ、充は怯えてタオルで顔を隠した。

「無理だろ、指一本でいっぱいいっぱい…」

「もっとほぐすから」

「お前のでかいからこえーよ…」
「充」
大智の手でタオルを引っぺがされ、強引に唇を重ねられる。互いに精液が口の中に残ってい
て、キスはあまり美味くはなかった。けれど何故か興奮している自分もいて、充は大智の勢い
に押されて再び布団に押し倒された。
「ん…っ、んー…っ」
大智は激しく唇を貪ってきて、充に反論の隙を与えなかった。その上撫でるようにあちこち
を這っていた手が、充の性器を扱いてくる。舌で口内を探られ、性器を握った手を動かされ、
一度は治まったはずの熱がぶり返してきた。大智は充が勃起すると、首筋をきつく吸って、充
の息を喘がせる。
「う…っ、はぁ…っ、あ…っ、も…っ」
大智の舌が首筋から鎖骨へと下がり、やがて乳首に吸いついてくる。舌先で転がされ、性器
を扱かれると、あっという間に快楽が勝ってきた。
「はぁ…、はぁ…」
大智は充の表情を見て、抵抗が弱まっているのを確認して、また尻のはざまに指を滑らせて
きた。唾液で濡らした指が中に入ってくる。充も今さら止めはしなかったが、内心では不安の
ほうが強くて落ち着かなかった。
大智は急がずに、慎重に充の身体を開いていった。尻の穴に入れた指が増え、充の身体に緊

張が走ると、性器を扱いたり乳首を吸ったりして熱を与えてくる。最初は怖かったが、大智のやり方がじれったいほど少しずつしか進まなかったので、充もしだいに怖さが消えていった。

どれくらい時間が経ったのか、気づいたら充は三本の指を受け入れていて、息遣いはずっと乱れっぱなしだった。三本も入るようになった頃には、十分中にも気持ちいい場所があると自覚していた。特に指で性器の裏側辺りを突かれると、目が潤むくらいなのだ。

「お前…、辛抱強いな…。もーいいよ…入りそうじゃん」

はぁはぁと息を乱しつつ、充は重なっている身体に頭を乗せて囁いた。大智は入れた指を出し入れし、ごくりと唾を飲み込んだ。

「大丈夫か…？」

大智の目が熱を帯びている。それが不思議な気がして瞬きをした。よく見ると窓の外は白み始めている。自分たちは一体何時間こんなことをしていたのか。

「いいよ…多分、だいじょぶ…」

充が頷くと、大智が緊張した面持ちで身を起こした。このほうが楽だからと四つん這いにさせられ、充は背後から身体を重ねてくる大智を肩越しに振り返った。大智は勃起した性器を充の尻のはざまに押しつけ、真剣な表情で充を見つめる。

「入れるぞ…力抜いてくれ」

大智の緊張がこちらにも移ってきて、充は息を呑んだ。大智の熱は、初めはゆっくりと押し込むような動きで潜り込んできた。引き裂かれるような痛みも覚悟したが、長時間ほぐしただけあって、裂けることもなく性器が入り込んできた。

ずるずるとカリの部分が押し込まれ、充は思わず大きく息を吐きだした。痛みはそれほどないが、やはり大きくて太いモノを入れるのはかなりの圧迫感だった。つい腰が引けて、逃げようとしてしまい、大智の手で戻される。大智は臀部を揉むようにして尻の穴を広げ、怖いくらいの熱をどんどん奥へと入れてくる。

「う…っ、ぁ…、はぁ…っ」

「うー…っ、う…っ、く」

少しずつ大きなモノが内部に入り込むたびに、犯されているという気持ちが強くなった。同じ男に征服されている。それがひどく腹立たしい反面、被虐的な快楽も感じていた。大智の性器で犯されて、負けを認めるというと変だが、従うしかない気になっている。それくらい大きな衝撃だった。

「はぁ…、…充…」

それまでゆっくりと腰を進めていた大智が、急に堪えきれなくなったみたいにずんと根元まで押し込んできた。突然荒々しく奥を犯すと、充は「ひぁ…っ」と甲高い声を放った。

大智は一度深い奥まで充を犯すと、はぁはぁと息を荒らげ、背後から充を抱きしめてきた。

充は気づいたら汗びっしょりで、大智より激しい息遣いをしていた。男を受け入れるのはかなり大変で、繋がっている今も身体中がびくびくしてコントロールが利かない。大智が少し動くだけで大きく腰が震えるし、銜え込んでいる部分が勝手に収縮して怖い。

「大智…はぁ…、はぁ…、こ、これやっぱ怖い…」

男と身体を繋げた衝撃で、充の前はすっかり萎えている。大智もそれに気づいたのか、慣れるまでじっとしていたが、やがて落ち着くと充の腰に手を回し、その身体を持ち上げてきた。

「顔見えないの不安だ…こうしてよう」

大智は繋がったまま充を自分の膝に座らせる体勢に変えてきた。ぐりっと内部で大智の性器が動き、充は息を呑んだ。あぐらをかく大智の上に乗ると、自分の重みで余計に奥まで犯される。身体を串刺しにされたみたいだ。自分の奥にもう一つ息づく熱がある。

「充…ごめん、お前は怖いんだろうけど、俺はすごく気持ちいい…」

腰にぎゅっと手を回し、大智が耳元で囁いて甘く耳朶を噛んできた。大智は愛しげに充の耳や頬に唇を滑らせてきた。充が顔を向けると、甘く音を立てて何度もキスをする。大智の顔を振り返ると、見ていられないような甘ったるい顔をしていて、少し緊張がとれた。そんな顔をさせているのが自分かと思うと、恥ずかしくて照れくさい。

「充…充…」

熱っぽい声で囁いて、大智が乳首を引っ張る。舌を絡めるようなキスをしながら、乳首をくりくりと弄られて、充はもぞりと腰を動かした。

「ん…っ、う…、はぁ…、ぁ…っ」

乳首を弄られるたびに銜え込んだ奥が蠢いて、変な感じだ。充は呼吸を繰り返し、くたっと大智の身体に背中を預けた。大智は乳首を弄っていた手を性器に伸ばし、優しく何度か扱きだす。身体中に大智の手が伸びてきて、一度は萎えた性器は急速にまた熱を帯びていった。感じ始めると銜え込んだ異物も気にならなくなり、ようやく強張りがとれる。

「動いていい…?」

大智に囁かれ、こくりと頷く。大智は充のひざの裏に手を入れ、軽く腰を揺さぶるようにしてきた。奥に振動が伝わり、得も言われぬ感覚に襲われる。

「はぁ…っ、はぁ…っ、は…っ」

身体の奥が熱で揺さぶられる。発汗している。大智の熱が気持ちよくなる場所を刺激してきて、前を触られているわけでもないのに気持ちよくなってくる。それが少し怖くて、充は懸命に声を我慢していた。

「充…、声、我慢しないで…」

耳元で大智の上擦った声が響く。大智も気持ちいいのか声が艶を帯びている。我慢するなと言われても、男に犯されて感じている自分の声など聞きたくない。充がいやいやと首を振ると、大智が腰のグラインドを深くしてきた。

「ん…っ、ん…っ」

大智の乱れた息遣いを聞いていると訳が分からなくなる。充は自分の手で口元を押さえ、大智からの責めに耐えていた。すると徐々に理性が切れてきたのか、大智が充の身体を抱え込み、再び布団に押し倒してくる。布団の上に肘をつき、充は抜けそうなほど離れていった性器に腰を震わせた。

大智が充の腰を抱え直し、腰を突き上げてくる。

「あ…っ」

奥まで大智の性器が押し込まれたかと思うと、カリの部分まで抜かれる。そしてまたトンと奥を突いてくる。

「あ…っ、あっ、や…っ」

一度動き始めると大智は堪えきれなくなったのか、激しく中を穿ってきた。繋がった部分が火傷しそうだ。おまけに大智の性器で突かれると、声がどうしても押し殺せない。

「ひ…っ、あ…ぁ…っ、大智…っ、やだ…っ」

容赦なく奥を揺さぶられ、充は逃げられなくなって悲鳴のような嬌声を上げた。嫌だといっても大智は止めるどころか突き上げを激しくしてくる。太くて長いモノが出し入れされ、濡れた音が室内に響いた。大智にいいようにされている。女みたいに犯されている。そのことを自覚すると余計に頭が痺れたようになり、獣みたいな息が口から飛び出た。

「ひゃ、ぁ…っ、あ…っ、あ…っ、やぁ…っ」

着ていた浴衣を腰の辺りまでまくりあげられ、激しく穿たれる。肉を打つ音が響き、互いの荒い息遣いがこだまする。大智は頭に血が上ったみたいに、ひたすら充を犯してくる。

「や、だ…っ、だい、ち…っ、はぁ…っ、あ…っ」

自分でも感じているのか怖いのか痛いのか分からなくなっていた。甲高い声が勝手に唇から漏れている。それを止めるのは困難で、大智が動くたびに悲鳴に似た嬌声が飛び出る。

「充…っ、充…っ」

大智は逃げようとする充の腰を引き寄せ、怖いくらいに奥を何度も熱で叩きつける。いつの間にか充の性器も濡れて、この行為に感じているのを教えてきた。大智は絶頂が近いのか、荒く息を吐き、壊れそうなほど激しく奥を責め立てる。

「あ、あ…っ、ひ…っ、やぁ…っ」

ガンガンと内部を突かれ、銜え込んだ性器が膨らんでいく。

充にとっては長い時間に感じられたが、もしかしたらそれほど時間は経っていなかったのかもしれない。

「うう…っ、もう…」

大智の息が引き攣れたと思う間もなく、内部から一気に性器が引き抜かれた。次の瞬間には尻に生温かい液体が吹きかけられた。

「はぁ…っ、はぁ…っ、はぁ…っ」

大智が肩を揺らして息をしている。充も同じように必死に酸素をとり込み、ぐったりして布団に倒れ込んだ。すぐに大智が重なってきて、熱い身体を押しつけてくる。二人の呼吸する音だけが室内を満たしていた。部屋は明るくなってきている。やっと終わったのだと思うと意識が朦朧としてきて充は腕から力を抜いた。

明るい日差しが室内を満たしていて、充は眠い目を擦って目を開けた。

南側の窓から日がさんさんと入っているところを見ると、おそらく昼時だろう。今日は銀乃鏡のバイトが入ってなくてよかった。充は背後霊のようにべったりと背中にくっついている大智を振り返り、「おい」と声をかけた。

振り返った際にあらぬところに鈍痛が走り、顔を顰める。

「ん…、うー」

大智は充の首筋辺りに頭を寄せていて、充が揺り動かすと眠そうな声を上げた。お互い布団の中はまだ裸で、嫌でも眠る前までの記憶を引っ張り出す。大智の腕は充の腰に回っていて、がっちりホールドされている。

「まだ離れたくない…」

大智が寝ぼけた声で告げて、肩口にキスをする。充は赤くなって大智の胸を肘で押し返した。

「あのなぁ、俺は腹減った。もう離せって」

充の声に大智の目がぱちりと開き、とたんにどちらのものか分からない腹が鳴った。

「起きるか…」

大智が仕方なさそうに起き上がって着替えを始めた。なんとなく大智を視界に入れて着替えるのが嫌で、充は背中を向けて手早く衣服に着替えた。今朝がた眠る間際に大智がタオルであちこち拭いてくれたが、情交の痕が残っている気がして心配だ。こんな昼間から風呂に入るのはいかにも変だからできないが、もっといろいろ準備しておけばよかった。お尻は痛いし、次は大智にも考えてもらわねばならない。

セーターとズボンを身にまとい、充は大智と一緒に母屋に昼飯をもらいに行こうとした。すると眼鏡をかけた大智が靴を履こうとする充を止める。

「なんだよ…」

振り返った充を抱き寄せ、大智が唇を重ねてきた。つい身を引こうとすると、やや強引にうなじを寄せられキスをされる。玄関先で長いキスをした。大智は飽きずに充の唇を吸い、舐め、くすぐってくる。

「はぁ…、もういいだろ」

いつまでも終わらないキスに頬を朱に染めて言うと、もう少しと囁かれて唇を吸われた。

「充…」

大智が甘く囁いてぎゅーっと抱きしめる。

やっと離してくれて靴を履いて庭に出ると、大智が身を寄せて歩きだす。大智がすっかり変になった。

「大智、お前距離がおかしい」

充の肩に手を回そうとする大智を厭い、充は思い切り胸を押し返した。とろんとした顔をしていた大智は、ようやく我に返って充を見つめ、首をひねった。

「距離がおかしいって?」

「昨日までと距離が違う。そんなべったりくっついて歩くなよ。ここんちの人に変に思われるだろ」

あからさまに恋人の距離になってしまった大智に赤くなって文句をつけると、驚いた顔で身を離した。

「え、そ、そんなに俺は近づいていたか？」

しかも本人に自覚がないとは。大智はいつもの距離に戻り、急に気になったようにきょろきょろと辺りに目を配る。さすがに大智も杉井家の人にゲイだとばれるのは嫌なのだろう。この時代のゲイがどういう扱いか分からないが、充の時代でさえ人目を忍ぶものなのだから、開放的にしていいわけがない。

「大体お前、俺は今朝からケツがいてーんだぞ。一人幸せそうな顔してるんじゃねぇ。入れたとたんガンガンやりやがって、ケダモノがっ」

充が改めて文句を言うと、大智の蕩けた頭も少し冷えたのか、慌てた顔で謝ってくる。

「す、すまない。やはりローションとかオイルとか必要だったよな。痛いか？　大丈夫？　血は出てなかったから切れてはいないはずなんだが…そう言われてみると今日はへっぴり腰だな」

「へっぴりって何？　方言？」

大智とくだらない会話を続け母屋の食堂に行くと、朝食を食べに来なかった充たちにウメが不思議そうな顔をしていた。朝まで音楽について討論していたせいで寝坊したと大智が大真面目に力説したので、横で笑いだしそうになった。

腹を満たした後、広間を借りてピアノとバイオリンの練習を始めた。

そこでもまた大智の変貌ぶりが明らかになった。

「大智…、お前すげぇピンクだぞ！」

通しでモーツァルトを弾いた後、充は驚愕を覚えて叫んだ。バイオリンを下げた大智は、自身もおののいた顔で視線を泳がしている。

大智のバイオリンの音がすっかりピンク色の華やかなものに変わっていた。これまで少し堅苦しいくらい真面目な音をさせていた大智が、明るく甘い艶のある音を出した。モーツァルトの音楽がさらに華やかに感じられ、充は呆気にとられたくらいだ。

「いや…びっくりだな…」

大智は急に照れくさくなったのか、もごもご呟き眼鏡を指で押し上げる。

「お前は恋愛で音が変わらないタイプだと思ってたよ。すげーびっくりした」

充の言い分は大智も思っていたことなのか、複雑な表情で頷く。

「俺も変わらない自信があったんだが…。まさか俺の音がこんなに変わるとは…俺は自分が思うより恋愛脳になっているらしい。我ながら怖い…」

「まぁいいほうに変わったならいいじゃん。いいほうならさ…」

自分が大智の音を変えてしまったのは、嬉しい反面、怖くもある。もし自分とこじれたら大智は違った音を出したのだろうか。他人の、しかも特別に想っている相手を変えてしまうのは恐怖だ。

交代して充がバイオリンを弾いてみたが、充のほうはそれほど音は変わってなかった。大智は少しがっかりしていたが、変えろと言われても困ってしまう。バイオリンは変わっていなかったが、伴奏に関してはだいぶ呼吸が合ってきたというので納得してもらえた。

弾いている途中で学校から帰ってきた菊と舞が来て、演奏を聴いていった。

「いつもこの曲弾いているのね。どうして？」

練習の合間に不思議そうに聞かれ、充と大智は戸惑って顔を見合わせた。それはもちろん、公演で弾くため――そう言いかけて、本当に公演に出られるかどうか分からない事実に気がついたのだ。

「悔しいな…。今ならすごくいい演奏ができる気がするんだが…」

二人きりになった時、大智がもどかしげに呟いた。確かに最初に音楽室で練習をしていた頃に比べ、今は格段に精度を上げている。あの頃は本番まで大丈夫かという不安が大きかったが、今は互いに自信に満ち溢れ、早く聴かせたいと願うほどだ。自分たちのいた時代に帰れるのかどうか、日が経つにつれ分からなくなってくる。あの音楽室にいた時が遠い昔のようだ。

「帰れるかどうかは分からないけど…俺はお金をためようと思う」

鍵盤を布で磨きながら大智が呟いた。

「何を買うんだ」

「やっぱり俺は自分のバイオリンが欲しい。お前と二重奏がしたいよ」

微笑みながら言われて、充はどきりとして目を見開いた。二重奏と聴いて、充もすごくしたいと思った。

「やべぇ、今のきゅんときたわ。よっし、俺もがんばってお前のためにためるぞー」

拳を振り上げて充が宣言すると、大智はお前はいいよと言いつつ嬉しそうに笑った。


日々寒さが増してきて、離れには火鉢が運ばれた。丸火鉢の中に炭を入れ、炭火を三つほど置く。火鉢は慣れれば鉄瓶で湯を沸かせたり、もちを焼けたりして重宝する。大智とは一酸化炭素中毒にだけはなるまいと注意し合い、時々窓を開けて換気している。

大智とは毎晩同じ布団に包まる仲になってしまった。寒さをしのぐために一緒に寝ているだけだが、時々変なところを触ってくるので、そういう時はつい色っぽい流れになってしまう。とはいえ挿入だけは痛いのであれ以来遠慮してもらっている。大智はやりたいようだが、充が痛いから嫌だというと無理にはしない。

大智の気持ちに流されている自覚はある。けれど大智の気持ちや行為はそれほど悪いものではなく、時には自分が求めているような気にさえさせるものだ。もしかしたら自分も大智をそういう意味で好きなのかもしれないと思うことがしばしばあった。

海外から戻ってきた杉井の妻は、豪快で経営者としても優秀な女性だった。この時代にはまだまだ女性の地位は低く、第一線で働く女性は少ないという。杉井の妻は女性の地位の向上のためにも社会でばりばり働きたいと意欲的だ。バイオリンが上手いと聞き、今度海外からの客を接待するのにその腕を披露してくれと言われた。

世間はジラード事件に湧いていて、新聞を熟読している大智もまるで当事者みたいに怒っている。日本という国が敗戦国だったというのを痛切に感じる事件だった。夕食の席でも話題になり、菊や大人しい舞までが憤慨している。

「米兵が我が物顔しているのも今のうちだけだよ。日本は戦争で負けたとはいえ、技術革命においては飛躍的な進歩を遂げている。東京通信工業、東京芝浦電気、松下電器産業、電化製品においてはヨーロッパの国々と肩を並べるまでになっている。いつか日本は電気製品で世界を制す。その時は一滴の血も流さずに、日本は世界に勝つことができるのだ」

杉井は自信ありげに未来を朗々と語った。充は松下くらいしか聞いたことがないと思ったのだが、後からどれも有名な会社だったと知り驚かされた。貿易商の杉井は、確かな目で世界と日本を見ている。

師走に入り、久蔵から自宅へ遊びに来ないかという誘いが来て、一も二もなく頷いた。アルト公会堂は充にとっても大智にとっても気がかりな場所だ。出資者である久蔵にいろいろ話を聞きたかった。

充と大智だけお呼ばれしたというのもあって、杉井と菊は不満げだった。特に菊は十文字家の長男の貞道《さだみち》に興味津々で、玉《たま》の輿《こし》に乗りたいと冗談か本気か区別のつかない発言をしていた。

久蔵の屋敷を訪れた日、前日まで続いていた小雨がやんで、雲一つない青空が広がっていた。久蔵の屋敷は杉井の屋敷から一駅ほど離れた場所にあり、こちらはれっきとした洋館だった。門構えも厳めしく、写真に収めたいほど立派な屋敷だ。煉瓦造《れんがづく》りの重厚な建物は小さな城みたいで趣があり、庭も綺麗に手入れされていて美しい。建物をつたう蔦《つた》の様子を見ても、新しい建物という感じはしなかった。

充と大智が訪れると、執事らしき老人が現れ、一礼して充たちを中に招いてくれた。こんな洋館があれば観光地になっているだろうから、久蔵の屋敷は充たちの時代までには消え去っているのだろう。そう考えると儚い。

「ようこそ。お待ちしてましたよ」

久蔵はシャツにベスト、カーディガンといった格好で充たちを出迎えてくれた。久蔵の家にはお宝がたくさんあった。ウイーンに仕事の関係で滞在していたのもあって、向こうから楽譜をたくさん持ち帰ってきたのだ。日本ではまだまだ海外の楽譜を売るだけの市場がなく、メジャーな曲以外は探すのが困難だという。久蔵は若い頃ピアニストを目指していたこともあって、音楽関係のものは充実していた。いつでも借りに来ていいと言われて、充と大智は飛び上がるほど喜んだ。

それから大きなタペストリーのある応接間に誘われ、洋風なデザートが振る舞われた。ウィーン滞在中に覚えたケーキやデザートのレシピを持ち帰り、女中たちに作らせているそうだ。ザッハトルテが振る舞われ、充は感激した。ひととき古い時代だというのを忘れ、アフタヌーンティーを愉しんだ。

「実はアルト公会堂のこけら落としに出演する若手を捜していましてね」

久蔵がその話を始めたのは、充たちの腹が満ちてまったりとした頃だった。思わず充も大智も前のめりになって、食い入るように久蔵を見た。

「もちろん前座扱いですが、アルト公会堂はこれからの若手音楽家も育成できるホールにしたいと考えておるのですよ。私はあなたがたの演奏を聴いて、感銘を受けました。若手でこれだけ弾ける者が二人もいたなんてね。正直言ってプロと言っても遜色ないレベルです」

充は苦笑して大智をちらりと見た。大智は折り目正しく頭を下げている。

「お褒めいただきありがとうございます」

「若手の枠の出演者を決めるのにはテストがあります。公募もしておるくらいですからな。どうですか、あなた方も参加してみては？　私は審査員の一人ですが、あなた方の力を見極めてみたい」

アルト公会堂のこけら落としに参加する――願ってもないチャンスだ。充は目を輝かせ、身を乗り出した。

「参加したいです！」

「充…」

即座に参加を表明した充の横で大智が複雑な表情になっている。何故大智も賛同しないのか不思議でならなかった。自分たちのいた時代に帰れるかどうか分からない今、表舞台で演奏できるチャンスではないか。

「そうですね…俺も参加したいとは思いますが…」

大智は奥歯に物が挟まったような言い方で、久蔵を見つめる。

「公募とおっしゃっても、演奏前の書類審査があるのではないですか？　何の後ろ盾もない我々が演奏するところまで行けるかどうか…」

大智が眉を寄せてひそかな不安を明かす。大智に言われて充も改めて気づいた。自分たちのいた時代ならいくらでも前歴が書けるが、ここでは戸籍すらない状態だということを。大智はわざと後ろ盾と言ったが、それ以前に自分たちには出せる書類がない。

「ふふ…。今日お二方をお呼びしたのは、それもあってのことです」

久蔵が静かに微笑んで両手を組み合わせる。じっと深い双眸に見つめられ、充はどきりとして背筋を伸ばした。

「あれから君たちのことを調べました。新潟から上京してきたそうですね。そちらの学校関係に手を回し、バイオリンを弾く二人の若者について心当たりがないか聞いて回りましたよ。誰も君たちのことは知らないという。プロレベルの音を出せるのに、君たちを知っている人が誰もいないなんておかしな話だ。バイオリンは独学でできる楽器ではありません。よしんばできたとしても、プロレベルまで到達するのは不可能だ。一体君たちはどこで学び、どの学校を卒業したのですか？　ひょっとして日本人ではないのかと思いましたが、そういうわけでもなさそうだし」

久蔵に切り込まれ、充は冷や汗を掻いて大智に救いの目を向けた。

「言っても信じてもらえないと思います」

久蔵の問いに答える大智は冷静だ。

「言ってみなければ信じられるかどうか分かりませんよ」

久蔵と大智の視線が交差し、張りつめた空気が室内に落ちた。充は二人の顔をきょろきょろ見てどうしようかと焦っていた。その時カタンと音がして、誰かが応接間に入ってきた。振り返ると目の大きな上品そうな夫人と、一人の青年が入ってくる。

「こんにちは、ようこそいらっしゃいました」

夫人が充と大智に微笑み頭を軽く下げる。久蔵は目を細めて二人を見やり、充たちに紹介してくれた。

「家内の房子《ふさこ》と息子の貞道です。こちらが前に話していた前途洋々《ぜんとようよう》たる若者たちだよ。南ダイチ君と、刈谷ミツル君だ」

「ミツル……」

房子の目が充に寄せられ、何故か切ないようなそれでいてどこか温かい眼差しを向ける。

「お噂はかねがね。とてもバイオリンが上手いのですってね。ぜひ聴かせていただけませんか？　息子もバイオリンを弾くんですよ」

「母さん、僕のは趣味の範囲だから」

貞道が窘めるように房子の肩を抱く。貞道は久蔵に似た男前の青年で、身なりも態度も礼儀正しく菊が興味津々だったのがよく分かる。

「そうだ、ぜひ聴いてください」

充はこの場でバイオリンを聴かせることが何よりの解決策だと思いつき、椅子から立ち上がった。久蔵に自分たちの事情を明かしても、信じてもらえるとは思えない。けれど自分と大智のバイオリンの腕だけは、絶対に伝わるはずだ。

「ちょっとこの部屋じゃ響きすぎるかな。もう少し広い部屋、ありますか？」

充が持ってきたバイオリンを抱えて聞くと、久蔵がすぐに頷いて広間に案内してくれた。広間は天井も高く華美な部屋だった。グランドピアノが置かれ、床は絨毯が敷き詰められている。貞道の姿が消えたかと思うと、バイオリンを抱えて戻ってきた。

「良かったら僕のバイオリンをどうぞ」

貞道は大智のバイオリンがないと思い、わざわざ部屋から自分のバイオリンを持ってきてくれたのだ。またどちらかが伴奏をしようと思っていたので、二挺のバイオリンに充も大智も目を見開いた。

「充、あれやるぞ。できるか？」

大智が興奮した様子で貞道のバイオリンを調弦する。音は悪くない。貞道はバイオリンを愛しているようで、かなり弾き込んだ音になっているし、手入れもきちんとされている。充も調弦を始め、大智にウインクした。

「できるさ」

大智がやろうとしている曲はバッハの二つのバイオリンのための協奏曲だ。高校生の頃に二人で合宿と称して互いの家に寝泊まりして練習した曲だ。

久蔵と房子、貞道がわくわくした顔で長椅子に並んで演奏を待つ。充と大智はアイコンタクトで呼吸を合わせ、弓を引いた。

――曲を始めたとたん、やはりお互いにバイオリンでなければならないのだと痛切に感じた。大智の弦を鳴らす音と自分が響かせる音が絡み合い、綺麗に重なって流れていく。伴奏でいくら心地よくなれても、ここまでの高みには昇れない。

音が生きている。ピアノでは合うまでに時間のかかった呼吸が、今はぴったりと合う。充の音に大智が応える。興奮する掛け合いが続き、指がよく動く。

バッハの作った厳格な曲。第一楽章は激しいテンポで追いかけっこをして、第二楽章になると流麗な音楽が始まる。そして第三楽章になると終幕に向けて緊張感のある音の掛け合いがずっと続く。ものすごい難曲というわけではない。けれど二人の呼吸を合わせるのがいかに難しいかというのを教えてくれた曲だ。

高校生の頃に弾いた時より、今は大智の動きが空気を伝わって手にとるように分かった。心が通じ合っているのか、大智も充の弾く音に恐ろしいほど合わせてくる。

やっぱバイオリンだな。

そうだな。

弾きながら視線を交わし、そんな会話ができたくらいだ。終わるのがもったいないほど、互いの音が美しく響き溶けていく。至福の時間。これ以上の快楽はないと重なる音に身を委ねる。

――最後の音が空気に掻き消えていった。

しんとした室内に長椅子から立ち上がり、激しく手を叩く音が響き渡る。

「ブラボー!! 素晴らしい、なんという音を聴かせるのか…。こんな音を聴かせられては、何も言えない、感激した」

久蔵は弾き終えて息を吐く充と大智の肩を抱き、感激を露わにする。

「僕のバイオリンで弾いたとは思えないな! 本当に素晴らしい演奏でした。僕たちだけで聴くのはもったいないくらいだ」

「ええ、ええ、本当に…。お二人とも素晴らしい才能の持ち主ですわ。私聴き惚れました」

貞道と房子も充たちを褒め称える。充も大智と微笑み合い、久しぶりのセッションに満足した。

大智は一歩前に進み、久蔵に頭を下げた。

「久蔵さん、どうか俺たちがテストを受けられるように、協力してください。テストさえ受けられれば、絶対に通ってみせます」

大智は決意を秘めた眼差しで堂々と宣言した。充も肩を並べて頭を下げる。このチャンスを棒に振りたくなかった。アルト公会堂のこけら落としで演奏したい。頭の中にはそれしかなかった。

久蔵の大きな手が充の肩を優しく撫でた。顔を上げると、そこには微笑みを浮かべる久蔵の姿があった…。

久蔵の屋敷を出た後、充と大智は上野の銀乃鏡の仕事に向かった。時間がまだあるというのもあって、どちらも何も言わなかったが自然と不忍池に足を向けていた。不忍池は今日もひっそりとしていて、充と大智を黙って迎え入れてくれる。

「大智、どうしてお前最初、躊躇したんだ？」

気になっていた問いかけをすると、大智は難しい顔で葦の群生を見つめる。アルト公会堂で演奏できるかもしれないと言われた時、大智は迷っていた。バイオリニストとして大勢の聴衆の前で弾けるチャンスだったのに。大智の迷いは充にも伝わっている。けれど大智が何故二の足を踏んでいるのか、充には分からなかったのだ。

「なぁ充…。俺たち、名前を残していいのかな」

大智は苦悶の表情でぽつりと呟く。

「名前を残すって？」

意味が分からず聞き返すと、大智が腕を組んで充を振り返る。

「俺たちはこの時代の人間じゃないだろ。それなのに名前が残るような真似、してもいいんだろうか？　アルト公会堂のこけら落としなんて、記録に残る出来事だ」

大智に言われて充も初めて「あっ」と声を上げた。言われてみればその通りで、これは歴史を変えることに繋がらないだろうか？　たかが曲を弾くくらいで大げさなとも思うが、いるはずのない人間が弾くことによって、本来弾くはずだった人間がチャンスを奪われるのではないか――大智はそう考えたのだ。

だが、それならそれで別の問題が生じる。

「……じゃあ俺たち、ずっと日陰で生きていくのか⁉」

つい充が声を荒らげて言うと、大智が痛いところを衝かれたといった様子で身を引いた。

「ここに来たのは俺たちのせいじゃないじゃん！　だったら別に俺たちが好きなことやっても関係ないだろ？　むしろ歴史を変えるくらいのことすりゃ、何か起こるんじゃねーか⁉　そもそも俺たち帰る方法すら見つけられずにいるのに――」

「充、声がでかい」

急に怒鳴り始めた充に驚き、大智が宥めるように肩を抱いてきた。充はふてくされた顔をして大智を押しのけ、頭をがりがりと掻く。大智と一緒に弾いたバッハは痺れるほど素晴らしかった。それなのに大智は人の気分を害することを言う。

「うるせぇな、俺は出たいよ、こけら落とし。お前だって出たいんだろ？　だってお前、酒場で弾くの嫌だって言ったじゃん。絶対に出なきゃ駄目だ、そうしないと俺たち――」

その先は怖くて言えなくなり、充は唇を噛んだ。そのうち帰れると思いつつ、日々が過ぎ去っていく。生活が安定してきて、前はなかった不安を感じるようになった。このまま帰れなくなったとしたら――ここでの生活をもっと向上させなければならない。そうしないと頼る人もいない、戸籍もない、過去もない今の状態じゃ、どん底だ。充は今の生活をより良いものに変えたかった。変な話だが、帰る道を模索するより今の生活をもっと豊かなものにしたいと望んでいた。大智と二人で、足元を確かなものに変えたい。

「充…分かってるよ、お前の言いたいこと」

耐えかねたように大智が充を抱きしめてきて、充は苛立った気分を無理やり胸の底に押し込めた。大智はコートで充を包むようにしてしばらくぎゅーっと抱いた。充が静かになると、少し腕を弛め、そっと髪に顔を埋めてくる。

「俺たち異邦人だもんな…。お前の言うとおりだ。出ないと俺たち日陰者になっちまう」

大智は充の気持ちが痛いほど分かるのか、かなり長い間充を抱きしめて立っていた。夕暮れ時の不忍池は時々人が通り過ぎていく。じろじろ見られているのが気になり、充はそっと大智の腕を離して歩きだした。大智もすぐに肩を並べる。

不自然な沈黙が続いたが、充はもうしゃべる気にならなくなっていた。

「なぁ充…。久蔵さんっていうか、久蔵さんの奥さんなんだけど…」

銀乃鏡が近づき、大智がふと思い出したようにこちらを見てきた。

「何？」

充がうつむいたままで聞き返すと、大智が不思議なことを言ってきた。

「お前と似てない？」

「えっ？」

思いがけない発言をされて、充は戸惑って顔を上げた。

「似てるって、何？　俺が女顔ってこと？」

「いや、そうじゃなくてさ…。うーん、いや、なんでもないよ」

大智は煮え切らない態度で前を向いてしまう。房子は上品そうな夫人で、充と似ているところがあるとはあまり思えなかった。大智の気のせいだろう。銀乃鏡に急ぎながら、充はもうアルト公会堂のテストについて思いを馳せていた。


週末は珍しく充は一人でバイトに出かけていた。大智が風邪を引き、大事をとって一日安静にしていることにしたのだ。

駅から店までの道をぶらぶらと歩きながら、そういえばもう何カ月も大智と一緒だったなと考えていた。養護施設で暮らしていた頃は、プライベートの時間がないくらい子どもたちと同じ空間にいた。充は一人でいるほうが好きだが、他人と同じ部屋で過ごすのも嫌いではない。けれど大智は誰かとずっと一緒というのが駄目な人間だと思っていたので、こんなふうに毎日同じ部屋で過ごしても自分への気持ちが冷めないのは不思議だった。今日も咳をしながら一緒に行くとごねて大変だったのだ。

隣に大智がいないのは不思議な感じだ。寂しいようなホッとしているような。大智は今頃どう思っているだろう。

神田明神《かんだみょうじん》にお参りしてから、銀乃鏡に向かって歩いていた。ふと見ると、向こうから見知った和服の女性が歩いてきた。久蔵の妻の房子だ。房子は充を見るなり笑顔になり、軽く会釈してきた。

「こんにちは。お買い物ですか？」

充も笑顔になって聞くと、房子は充の頭から爪先まで見ていたずらっぽい笑顔になった。

「そうなの。あなたは？　もし暇なら少しつきあってちょうだい」

房子は意味深な笑顔で充を誘う。充は自分の母親くらいの年齢の女性に弱い。否と言えないのだ。バイトまで時間があるというのもあって、充は房子の買い物のお供として松坂屋へ行くことになった。まだ高層ビルなどなかった時代、この建物だけは遠くから分かるくらい大きかった。

房子はデパートに入るなり、男性用の衣服が売っている場所へ向かった。久蔵の服でも買うのだろうかと思ったが、房子が手にとるのは若者向けの厚手のシャツで、貞道のものだと分かった。

「これなんかどうかしら？」

房子は充に衣服を当ててあれこれと悩んでいる。女性の買い物時間が長いのはいつの時代でも同じだ。房子は中年女性だがころころとよく笑う女性で、とても可愛らしい。しゃべる言葉やしぐさに育ちの良さが窺えて、やはり華族の妻になるくらいだからそれなりの家柄なんだろうとぼんやり思った。

「これは奥様、いつもごひいきに」

衣服を選んでいると、黒髪を撫でつけた男性店員が現れ、房子に挨拶をした。房子はお得意様らしく、店員の態度は非常に丁寧だ。店員は充を見て、ふと首をひねった。

「おや、奥様。息子様は確かお一人では…。ご親類の方ですか？」

店員が不思議そうに聞く。充は面食らって房子に目をやった。

「あら…どうして？」

房子は一瞬驚いた顔をして店員に聞き返す。店員はしまったという顔をしながらも、愛想よく微笑んだ。

「いや、奥様によく似てらっしゃるものですから。てっきり息子さんかと…」

店員は充が房子の息子だと勘違いしている。そういえば大智も房子と充が似ていると言っていた。他人からはそう見えるのか。

「まぁそうなの。ほほ、実は親戚の子なのよ」

房子は適当に話を合わせている。親戚と言われて店員も納得した様子で何度も頷いた。

房子は男物のシャツや靴下、セーターを二着ずつ買い揃えると、会計を済ませた後、充に
「はい」と手渡してきた。

「これはあなたとダイチさんに」

「えっ⁉」

てっきり久蔵と息子の分だと思っていた充は、突然のプレゼントにびっくりして目を丸くした。

「そんな…なんで？」

「夫からも頼まれていたのよ。遠慮なさらないでもらってね」

房子に押しつけるように渡されて、充はどぎまぎしながら紙袋を受けとった。こんな新品で高そうな服、見ず知らずの充たちに買い与えるなんて、よほど金が余っているのだろうか。充が嬉しいと言うより困惑していると、房子にもそれが伝わったのか苦笑しつつ通りを歩き始めた。

「先ほどの店員…私とあなたが親子だと思ったみたいね。この前夫とも少し話していたの。ミツルさんは私に似ているって。本当に息子だったらどんなによかったことか。実は私にはね、満《みつる》という息子がいたの」

充と同じ名前の息子の話を語る房子の眼は寂しげで、歩きながら充は寄り添うようにした。房子は充より背が小さく、細い肩は頼りなげだ。

「まだ三歳の頃に、亡くなってしまって…。生きていたら今頃二十五歳…あなたよりずっと上ね」

充はどきりとして房子を見た。充は皆に十代だと思われているが今年二十五歳だ。奇妙な符号に胸がざわついた。

「亡くなったって…病気とか事故…とかですか？」

気になって充が聞くと、房子がゆるく首を振る。

「不忍池に落ちてしまってね。それ以来、上がらないの。遺体はくまなく捜したのに出てこなかったのよ。神隠しに遭ったのかもしれないわ。本当に可愛い子だったんですもの」

遠い目つきで房子が呟く。やけに鼓動が速まり、充は黙りこくるしかなかった。

「今日もね、谷中霊園《やなかれいえん》に行ってお墓の掃除をしようと思って。空っぽのお墓を掃除するなんて変でしょう？　本当に…あなたが息子だったらよかったのにね」

房子に付き添い歩いている途中、銀杏並木に迷い込んだ。銀杏は黄色く染まり、風に揺られてかさかさと不思議な音を立てる。

「あら…」

その時風が強く吹いて、道なりに続いた銀杏の葉を一斉に吹き飛ばした。視界が黄色くなり、くるくると空を舞った銀杏が頭や肩に降り注ぐ。

「綺麗ねぇ」

一瞬のうちに地面が黄色くなった。房子は髪に刺さった黄色い銀杏の葉を手にとり、微笑みながら充の胸ポケットに差した。

「ここでいいわ。一人で行けますから」

房子に丁寧に頭を下げられ、充は改めてもらった衣服の礼を言い、去って行く後ろ姿を見送った。強風が吹いていて、房子の姿が黄色い葉の間に見え隠れしてして消えていく。

充はもどかしい思いを抱いて、房子の姿をじっと見ていた。

仕事を終えて杉井邸に戻ると、大智は熱を出して寝込んでいた。慣れない場所で張りつめていた気が弛んだのかもしれない。一緒にいると移るから今日は母屋で寝ろと言われたが、充はなんとなく離れがたく、いつものように大智の隣に布団を敷いた。

大智は時々咳をしている。風邪を申告したら「くしゃんときたらも早や風邪アナヒスト錠」という得体の知れない風邪薬を飲まされたそうで、治るのか不安になっている。

充は寝つけずに、今日房子と会った時の話を聞かせた。大智は咳をしながら聞いていて、充が話し終えるとしばらく無言だった。

「……嫌な偶然だな」

ややあって呟いた言葉は、咳のためか声がかすれていた。

「充は養護施設で育ったんだよな…？　刈谷さんに引きとられるまで。本当のご両親はどうしてるんだ？」

電気を消して話しているので、こちらを見た大智の細かい表情までは分からない。けれど空気を通して大智の動揺ぶりが伝わってきて充まで動悸《どうき》がした。

「まったく分からない。俺、ミツルって名前と自分が三歳だってことしか言えなかったんだ。

身寄りがなくて養護施設に預けられて、五歳の時に刈谷さんが来て、俺の親になった」

大智は充の生い立ちについては知っているが、詳しいことまでは話していない。奇妙に重なる符号に大智も身震いする。

「おい…まさかお前、本当に久蔵さんの息子だったとか…」

「そりゃないだろ！　時代が違いすぎるじゃん！」

「そんなの分からないだろ。現に俺たちが今ここにいる。小さい頃お前が不忍池に落ちて平成の世界に移動したって不思議じゃない」

充が慌てて否定すると、すぐに大智が一蹴する。充もおぼろげにその可能性を考えていたので、大智に指摘されて眉間にしわを寄せた。

「もしかしたら……お前、この時代に呼ばれたのかな。本当は俺は一緒に来ちゃいけなかったのかも…」

急に横から呟きが聞こえてきて、充は大智のほうに身体の向きを変えて怒った。

「馬鹿、そんなこと言うなよ！　俺一人だったらきっとのたれ死んでただろ！」

「でも……もし本当に久蔵さんがお前の親だったらどうするんだ？　実は俺も久蔵さんの家に行った時、充と皆を見て親子みたいに似てるなって思ってたんだ。房子さんもだけど、貞道さんもお前と似てる…傍から見たら親子みたいだった」

「どうするとかそういう簡単な問題じゃねーんだよ！　馬鹿大智！　馬鹿、馬鹿！」

考え始めると頭がパンクしてしまいそうになって、充は暗闇の中抑えた声で大智を怒鳴りつけた。ひとしきり怒鳴ると布団の中に潜り込み、ぐちゃぐちゃになった頭を整理させようとする。大智は充が怒鳴ったせいでしばらく静かになってしまった。大智は充が怒るといつもこちらの頭が冷えるまで無言で待っている。

五分も考え込んだだろうか。急に悲しくなってきて、充は布団から顔を出して大智に顔を向けた。

「大智、そっちの布団にいってもいい？」

「えっ⁉」

この反応は意外だったのか、大智が動揺した声で振り返る。返事を待たずに充は大智の布団の中に潜り込み、熱があって体温の高くなった大智の身体にひっついた。

「お前、俺が風邪だと知ってるんだよな？」

「だってなんか人恋しくなったんだもん」

「だもんってお前…」

「いいだろ、うっせぇな。襲ったりしねぇし」

大智の身体にくっついて目を閉じると、先ほどまでのぐちゃぐちゃした気持ちがいくらか鎮まってくる。

自分の実の両親については、これまで何度も考えたことがある。死んでしまったのか、充を育てられなくて捨てていったのか、周囲の人は誰も知らなかったから想像するしかなかった。覚えているのは父親らしき男の膝によく乗せてもらい、ピアノを聴かせてもらったこと。多分充の父親はピアノが弾けた。おそらく胎児《たいじ》の状態から音に触れていたのだろう。充は物心つく頃には音を聴くだけで、同じ音を再生することができた。絶対音感と呼ばれるものだ。三歳頃から楽器を習うと身につく子が多いという。

充が刈谷に引きとられた理由は、この才能のおかげだ。

「義父さん…刈谷さんはさ、養子をとるのに俺のいた養護施設に来た。それで全員に音楽のテストをしたんだ。どうせ引きとるなら、音楽の才能がある子がいいと思ったんだって」

充が過去を語り始めると、大智は驚いた顔で充を見つめてきた。

「俺はそれにパスしたんだ。だから刈谷家に引きとられた。義母さんも義父さんもよくしてくれたし、すげー感謝してる。俺の両親は二人なんだ。でも…」

でも、と言いかけて充は自分が心の隅にわだかまりを残しているのを知った。

刈谷夫妻は充を実の子どものように育ててくれた。特に刈谷は充に音楽のいろはを教え込み、充を一流のバイオリニストに育て上げた。留学費用や独立の資金援助もしてくれた。感謝することはあっても不満などない。

けれどもし充に音楽の才能がなかったら、一体どうなっていたのだろうと思うことはある。音楽の才能がなかったら、刈谷夫妻は充をちゃんと育ててくれただろうか。自分だって音楽で一流になれなかったら二人に見捨てられるという思いがあったから、がむしゃらにがんばってきたのではないか。音楽は充にとって生きる術だった。

本当の子どもはきっと違う。実の子どもは、愛されるのに理由などいらない。音楽の才能がなくてもただ生きているだけで愛してもらえる。

もし久蔵夫妻が充の両親だったとしたら、充にはそんな人生があったのかもしれないのか。そう考えるだけで心が千地に乱れる。危険な思想だ。自分の存在意義を覆す可能性すらある。

「俺…愛に飢えてるのかも」

考えれば考えるほど混乱してきて、充は大智に抱きついた。

「お前を好きな俺の前で言うのか？　というか我慢できなくなるから抱きつくなよ」

頭をすり寄せる充に大智が困った声を出す。

「なんだよ、チューしないのか？　いつもうざいくらいするくせに…」

「だから風邪が移るんだって。もうすでにやばいんだって」

「馬鹿…移してもいいって言ってんだろ…」

大智の身体が温かすぎて、ふだんなら言わないことまで口から飛びだしてくる。充は頬を寄せ、自分から唇を重ねた。大智は一応我慢しようとしたようだが、充が甘えた声を出すと理性が切れたらしく、長いキスをしてきた。

「ん…、大智、舌も熱い」

音を立ててキスをして、足を絡める。大智は舌で充の上唇を舐めながら、愛しげに充の髪を撫でていく。大智の口内が熱くて、充にまで伝染しそうだ。大智は優しく充の舌を吸って、耳朶をくすぐる。

「あのな……こんな時になんだが…。両親のことで悩んでいる時に聞くのもどうかと思うが…。

お前もその、…俺のことを好きだと思っていいのか？」

　唇がふやけるほどキスをした後、大智がもごもごとした口調で囁いてきた。下半身をくっつけ合っているので、大智が勃起したのも分かっている。病人のくせに元気だ。

「えー、言うのかそういうこと…」

　男とするキスやセックスには慣れてきたが、まだ大智に好きだという言葉は言いたくない。自分でもまだはっきりしていないし、第一昔から知っている男に好きだなんて恥ずかしい。

「ど、どういう意味だ？　やっぱりお前流されてるだけなのか？」

「うーん六対四…いや七対三くらいかな…」

「どっちが七だ⁉」

　大智にしつこく詰問されているうちに胸のもやもやはだいぶ解消されていた。大智とじゃれ合ったり言いたいことを言い合ったりするのは好きだ。大智は充がする大抵のことは許してくれるから、昔から甘えていた部分も大きかった。

「そういうお前こそ俺のどこがいいんだよ。俺の音が好きとか言ってたけど、それだけ？　それじゃ俺が音楽やめたら嫌いになっちゃう？」

　大智の質問をかわすために充が聞くと、頭の上で大きな咳がした。

「俺には言わせるのか⁉」

「だって聞きてーし」

「なんかお前、ずるくない？」

大智には不審げな目で見られたが、脇腹をくすぐると仕方なさそうに口を開いた。

「大体音楽やめたらってのは俺が聞きたいよ。お前、俺が音楽やめる話を前にしたらすごい怒ってたじゃないか」

「そりゃむかつくだろ。お前がいるからがんばれるってとこあるしさ、俺」

「そうなのか？」

ひどく驚いた顔で大智に見つめられ、充は照れくさくなって目を逸らした。

「お前は違うの？」

「俺は…。俺はよく分からないな。音楽抜きでもお前とは本音で話せるし…。俺、けっこう猫かぶりだから、お前以外とはこんなふうに話せないし…。そもそも好きになるとさ、どこがどうとかっていうよりも、どこまで許容できるかどうかってのが俺にとって重要になってくるっていうか…。ところで充、俺たぶん熱が上がってきた」

大智が充に背中を向けて激しく咳き込み始める。言われてみると大智の体温がさらに上がった気がする。病人相手にあれこれ聞いている場合ではないかもしれない。

「じゃあこのまま寝よう。俺、今日はひっついて寝たい」

大智の背中にくっつくと、咳き込んで身体が震える。

「いいけど…。本当に移っても知らないからな」

まんざらでもなさそうな声で大智が囁き、腰に回った充の手を握る。

大智といると暗い気分も穏やかになっていく。前々から居心地がいい相手だったが、最近すごくそう思う。もし大智の気持ちを拒絶していたらこんなふうに過ごす時間を知らずにいたのだろうか。

大切なのはこういうことかもしれない。充は眠りに落ちる前にそんなことを思い、久蔵と房子の顔を意識から追いやった。

大智の風邪が回復すると同時に、今度は充が風邪を移されて寝込んでしまった。だから言ったのにと大智には散々言われたが、ちゃんと看病してくれた。

杉井からテストは今月の二十四日火曜日に行うと言われ、苦心しながら履歴書を書き上げた。年齢は十九歳、地元の中学校を卒業、父親からバイオリンを教わったなどという嘘八百を書き連ねる。虚偽内容よりも万年筆で書かなければならないことのほうが面倒だった。ボールペンしか使ったことのない充にとって、いまいち使いづらい。

杉井と久蔵の推薦があったこともあって、充と大智は書類審査はパスした。

日々寒さが募る中、充と大智は久蔵の妻に買ってもらった服を着て、テストを受けに都内にある音楽学校に出向いた。菊と舞が通う学校らしく、門を過ぎた辺りで二人が両手を振りながら出迎えてくれた。テストは木造校舎の三階にある音楽室で行われる。充たちと同じようにテストを受けにきた一般人が、ぞろぞろ歩いていた。聞くところによると新聞に載ったためか三百人近くの人がテストを受けたいと志願したそうだ。書類審査で半分に落とされ、百五十人を三日に分けてテストをするという。人数が多すぎるので校舎に入れてもらえず、テストを受けにきた者は寒空の下、順番待ちだ。充と大智はバイオリンが一つしかないので、テストを受ける時間がずれるようにしなければならない。

「二人とも落ち着いているのねぇ。これからテストなのに緊張なさらないの？」

学生服の菊はポニーテールで可愛らしい。菊は心配そうだが、充も大智もコンクールと名のつくものには馴染みがある。緊張よりも質問されてぼろが出ないかのほうが心配だ。

時間が来て先に充は校舎に入り、係りの人に案内されて階段を上がった。板の廊下は歩くとぎしぎし音がする。一番奥にある部屋の前には椅子が十五個並んでいて、テストの順番を待つ者が座っていた。今日はバイオリンの日なので皆バイオリンを手にしている。

「わ、すみません」

充が空いている席に座ろうとすると、隣に座っていた男性が持っていた楽譜を床にばらまいた。極度の緊張感からか、男性は慌てたように楽譜を拾い集めている。ついでにそれを拾い上げようとした充は、ふと既視感を覚えて固まった。

以前にもこんなことがあった気がする。

不可解な顔で男性を見たせいか、逆にいぶかしげな様子で見返された。充は椅子に座り、おぼろげな記憶を辿った。

（あ、そうだ。あの時、廊下でぶつかった）

考えているうちに思いだした。レッスン室に行く途中の廊下でぶつかった男がいたのだ。充は荷物をぶちまけてしまい、廊下に落ちた物を急いで拾い集めた。

（あれ、あの球体ってもしかしてあん時の…？）

何故か持っていた球体は、あの男の持ち物だったのかもしれない。ジャグリングのボールがあったから、てっきり自分の物だと勘違いし、紙袋に詰め込んだのを思いだした。

（ん…？　もしかしてあの時から変になったんじゃねーの⁉　え？　あれっ⁉）

一つ思いだすと次から次へと思い当たり、充は動揺して腰を浮かしかけた。メタリックの球体は大智が持っていたはずだ。後で話さなければ。

周囲がテストで緊張している中、充はすっかり別の思いに囚われていた。

充のテストが終わると、大智と校舎入り口で待ち合わせし、バイオリンを手渡した。充としてはテストがどうのというよりも廊下でぶつかった謎の人物について語りたかったのだが、大智のテストの時間が迫っていて詳しく話すことができなかった。仕方なくその場は何も言わず、中庭のベンチで大智のテストが終わるのを待った。

大智がバイオリンを担いで下りてくるのが見えて、充は一刻も早く謎の人物について話したい気持ちに駆られた。けれど菊と舞が五分前にやってきて、迎えの車が来ているから乗って帰ろうと誘っている。ちょうど授業が終わる時間帯だった。

「ダイチさん、どうでしたの？」

菊と舞は大智のいつもと代わり映えしない面持ちを見て、心配そうに尋ねている。

「まぁまぁ…ってところかな。それより充は？　お前、大丈夫だったのか？」

大智は充の様子がおかしかったのに気づいていて、何かへまでもやらかしたと誤解している。菊と舞の前で謎の人物について語ることができず、充は「たぶん」というあいまいな返事をした。

宮島が車で迎えに来て、充たちはそろって杉井邸に戻った。菊は「審査員に父がいれば絶対に受かるのに」と残念そうだが、それはいわゆる出来レースではないか。さすがにそこまでして出たいとは思わない。

杉井邸につくと、ちょうど由紀彦が友達を連れて遊んでいる最中だった。充と大智も呼ばれて一緒にベーゴマに興じた。大智はすっかり上手くなり、近所でも有名なガキ大将と渡り合っている。充は相変わらず紐を巻くのが下手で弱いままだ。

ようやく大智と二人きりになれたのが夕食の後、離れに戻ってきた時だ。充がメタリックの球体をどこで拾ったのか思いだしたという話をすると、大智は驚愕に身を震わせた。

「どうして今まで思いださなかったんだ⁉　めちゃくちゃ怪しいじゃないか！」

火鉢にかけた鉄瓶をひっくり返しそうな勢いで大智に叱られ、充はしゅんとした。

「いや、おめーもいっぺん死んでみれば分かるって。死ぬ前後のことなんて頭から抜けるんだって」

「変になった分岐点のことくらいよく考えろよ！」

大智からはさんざん文句を言われたが、やはりメタリックの球体が怪しいという話に落ち着き、あれこれと何か起こらないかと投げたりつついたり、湯をかけてみたりした。結局どれも反応はなく、光沢を放っている。

「やっぱこれかんけーねーのかな」

メタリックの球体を手にとって転がしながら充が呟くと、大智は難しい顔で急須から茶を淹れてくれた。

「俺はあると思う。だってそんな球体、誰が何の目的で作る？　妙に軽いのに、どんな素材を使っているのかも謎だし…よーく見ると、小さなつぶつぶがあるんだよな」

大智に言われて目を凝らして見る。本当だ。針で刺したくらいの小さな穴がある。充は思い当たって母屋に飛んでいき、ウメから針を借りて戻ってきた。そして球体に針をぶすっと刺した。

――――ぽわっと蛍光緑の光が点滅し、充はびっくりして球体を手放した。

「ひいいっ」

「な、なんだ⁉」

瞬時に壁まで飛び下がる充に対し、大智は反対に身を乗りだす。蛍光緑の光はしばらく点滅を繰り返していたが、やがて静かに消えていく。充は大智の背中に隠れていて、元の状態に

戻った球体を遠目に眺めた。

「やだコワイ。何？　今の光、何？」

充が大智の背中にべったり張りついて騒ぎだすと、大智は充を引きずったまま球体に近づき、再び針で球体を刺した。けれどもう何も起こらない。まるで先ほどの光が夢か幻だったみたいにうんともすんとも言わない。

「やっぱりこれが何かのキーなんだな…。どうして反応しなくなったんだろう？」

大智は球体を手にとってぐるぐると動かしている。充は不気味で触りたくないと思ったが、お前もやってみろと無理やり持たされてもう一度針を刺す実験をさせられた。残念ながら今度は何も変化がなく、数々の実験は徒労に終わった。

「とりあえずこれは肌身離さず持っていたほうがいいみたいだな」

夜遅くまで球体を弄繰り回していた大智がそう結論づけ、考えた末、バイオリンケースの中に入れることにした。バイオリンは片時も離さず持っているので、ここが一番安全と思ったようだ。充は気味が悪いので入れたくなかったが、これが一連の奇妙な現象の発端のようだから仕方ない。

もしかしたら帰れるのだろうか。そんな思いに囚われ、充と大智はその夜布団に入ってからもなかなか寝つけなかった。

学校が冬休みに入り、年の瀬が迫っていた。充と大智は銀乃鏡でのバイトの合間に、建築中のアルト公会堂を見に行った。もう外装はほとんど見覚えのある形になっていて、後は内装のみだ。杉井から聞いた話によると、竣工は一月末だという。

年内最後の営業を終えた銀乃鏡を出て、充と大智は銭湯に寄ってから杉井邸に戻った。夜道は暗く、大智と二人でなければ歩く気になれない。大智は舗装されていない道を見て、白い息を吐いた。

「ここに来た時九月だったたから、もう四カ月近くか…」

呟くように大智が言って、コートのポケットに手を突っ込む。

「俺たち失踪《しっそう》したとかって騒ぎになってないといいよな。まぁそれも戻れたらなんだけど」

充は金原からもらった紙袋を抱えていて、冷たくなった手に息を吹きかけた。紙袋の中はみかんだ。休憩時間に一つ食べたが、少々酸っぱかった。

「それにしても正月ってどこもやってないんだな。俺たちの時代じゃ正月から開いてる店ばかりだものな」

しみじみと大智が言うので、充も大きく頷いた。銀乃鏡も営業は七日からだというし、アメ横を歩いても、三が日は休むと書いてある店ばかりだ。

「俺たちの世界って働きすぎじゃないか？　どうしてあんなにメリハリがなくなったんだろうな」

大智の疑問はもっともで、充も時代が大きく変わったのを痛感した。充のいた世界はサービスが良すぎて、今考えれば行き過ぎていたようにも思う。この時代に来て、テレビっ子だった充は自分が案外テレビがなくても平気だったのを知った。ここではゆったりと時間が流れている。充の住んでいた世界は、時間に追われ、休日も平日も差がない。ここでは不便なことは多いが、なければないでそれなりに暮らせるのが不思議だった。便利さを追求するあまり、自分たちは大切な何かを見失ったのではないか…。

杉井邸に戻ると、杉井が満面の笑みで充たちを出迎えた。充と大智にアルト公会堂のこけら落としで演奏できるという合格のお知らせが舞い込んだのだ。自信はあったが、もし落ちたらどうしようとも思っていたので、充と大智は安堵した。仮にもプロを名乗っていた以上、素人に負けるわけにはいかない。配達された通知には年明け早々、打ち合わせがあるので集合するよう書かれている。

充たちは練習を怠らず、さまざまな決意を秘めて日々を過ごした。充も大智も、頭の隅では帰れなかった場合を思い描いている。もしこのまま帰れなくなったとしたら、今の状況をより良いものに変えていかなければならない。そのためには、アルト公会堂のこけら落としで絶対に失敗できないのだ。

年末と年明けは杉井邸で過ごした。餅つきや凧揚《たこあ》げ、福笑いやかるたにすごろく、どれも充は馴染みがないものばかりだった。正月は家族で過ごすというのも、もう何年もしていなかったくらいなのだ。杉井一家は仲がよく、充たちのような部外者がいても家族同然で過ごしてくれる。

「去年は水害の多い年でしたな。今年はいい年になるといいが」

杉井は去年を振り返り、日本の未来を案じている。

めまぐるしく日本という国は変化している。充の財布にはようやく馴染みのある百円硬貨が納まり、（とはいえ微妙に絵柄が違う）元日に東京通信工業が充もよく知っている会社名に変わった。四日はひどく寒い日で、都内では水道管が破裂して大勢の人に被害をもたらした。

七日の火曜日、充たちは打ち合わせのためにアルト公会堂に赴いた。久蔵が待っていてくれて、充と大智とピアニスト志望の女学生を出迎えた。会った時に久蔵はこっそりと、本当はバイオリンの枠は一人だったが、二人が甲乙つけがたく無理を通して二人にしたと教えてくれた。

「綺麗ですね！」

まだ工事中の内部に入れてもらい、大智と一緒に興奮して建物を見て回った。

「こんなに綺麗だったんだなぁー」

充が知っているアルト公会堂は、かなりの年月が経って、あちこちくたびれていた。さすがに竣工間近の建物はどこもきらきらしている。柱一本ですら木が若々しく感じられるし、床も天井も磨き上げられたばかりだ。

「感激です」

充たちと共に一般公募から演奏する女学生も、頬を紅潮させて建物が出来上がるのを見ている。

その後充たちはこけら落としで演奏する面々に紹介された。充たちは一部の演奏で、二部はオーケストラが入る。コンダクターは写真で見たことのある大御所の若かりし頃で、感慨深い思いで握手を交わした。彼は充たちが生まれる前に亡くなってしまったが、こうして生きて指揮を振っていたのだと実感した。当日はアルト公会堂の名にちなんでモーツァルトの曲が多いという。最後の公演でもモーツァルトの曲を弾くと知っているので不思議な感じだ。充と大智も、ずっと練習していた曲をやるつもりでいた。伴奏を交代でやる件については、女学生に任せるという案も出たのだが、呼吸を合わせるのが難しいという理由でそのまま二人で演奏することにした。

「それにしても君たち、落ち着いてるなぁ！　二人ともプロ顔負けの演奏してたしね。俺たちもうかうかしていられないな」

やけに慣れた顔つきの充たちを見て、大御所のコンダクターがにやりと笑った。

「明日から切符が売りだされるらしいよ。たくさん売れるといいな」

コンダクターに肩を叩かれ、充も笑顔で頷いた。

大勢の人の前で久しぶりに演奏できる。もう頭はそのことしかなかった。練習にも熱が入り、大智と完璧に近いくらい呼吸を合わせることができるようになっている。充たちが選んだ曲はこの時代の聴衆にはあまり馴染みのない曲かもしれないが、一人でも多くのクラシックファンに聴かせられると思うと嬉しい。大智もかなり本番が楽しみなようで、意気が上がっている。

「当日は最高の演奏を頼みますよ」

久蔵には微笑みながらはっぱをかけられた。父親かもしれないという疑惑については考えないようにしていた。今は充たちにとって頼りになるスポンサーの一人だ。

杉井一家だけではなく、真理や美和、金原まで当日は観に来ると言っている。たかが四カ月しか過ごしていないはずなのに、周囲に人がいるというのは不思議な感じだ。誰かの気持ちに応えたいと思うのは久しぶりだ。プロになって、毎日がむしゃらにやってきたつもりだったが、感謝という気持ちを自分は忘れていたかもしれない。

「がんばらなきゃな」

大智と練習に明け暮れ、その想いを共にしていた。

アルト公会堂のこけら落としは二月二日に決まり、切符も完売したと聞いた。完成間近で天候が崩れたせいで工事の遅れはあったものの、二十日には無事充の知っている建物となった。二十八日にお披露目パーティーがあり、杉井一家と一緒に充たちも招かれた。パーティーの時間が午後五時からというのもあって、充と大智はバイオリンの弦を買いに町に出ていた。予備はケースに入っていたのだが、二人分の練習量というのもあって、残りが心もとなくなっていた。もし当日弦が切れることなどあったら大変だ。充たちは貯金を崩して楽器屋で弦を買い求めた。

その帰り道、久しぶりに不忍池に行こうと大智に言われ、まだ時間に余裕があるので足を向けた。上野恩賜公園は寒さのためか、ほとんど人の気配がない。充は大智と肩を寄せ合い、白い息を吐きながら、寒そうな水鳥たちを眺めていた。充の知っている時代より綺麗な色の水面を見つめ、雑多な思いに囚われる。不忍池に来たのは久しぶりだった。前はしょっちゅうここに寄っていたのだが、充がここに落ちてタイムリープした可能性があると知り、急に足が遠くなった。

「雪だ…いや、霙《みぞれ》?」

大智に言われて空を見上げると、雨と雪が混じり合って落ちてきた。傘を持っていない。充は大智とこの場を離れ、軒下へと移動しようとした。

——その時だ。ふいに身をすくめるようなキーンという耳鳴りがして、充は両手で耳をふさいで体勢をぐらつかせた。

「なんだ、これ…」

大智も顔を顰めて辺りを見回している。

不思議な出来事が起きた。

目の前に舞い散っていたはずの雪が、空中で止まっているのだ。雨も同様に、細かな粒となって空中に浮いている。木々のざわめきは止み、池を泳いでいた鳥が静止している。充は一瞬面食らって瞬きを繰り返し、大智を振り返った。大智もこの異常な状態に戸惑い、きょろきょろしている。

「充、変だぞ…これ」

大智が空中で静止した雨粒を握りつぶして顔を強張らせる。

すべてのものが止まっていた。空を覆う雲も、風も、生き物も――動いているのは充と大智だけだ。

突然、明るい光が背後に現れた。何事かと思い後ろを振り返ると光がぐるぐる回っている。訳が分からなくて焦っていると、大智が充の手を掴んだ。

「バイオリンケースの中だ！」

大智が叫んで充の腕からバイオリンケースを奪う。大智は立てた膝の上でケースを開き、中に入れていたメタリックの球体を手にとった。球体が赤い光を放っている。充は触るなんて恐ろしくてできなかったが、大智は目を凝らして球体を調べている。

「それを返していただきたい」

ふいに低い男の声が聞こえて、充と大智はびっくりして固まった。静止した世界の中、一人の男が上野恩賜公園を歩いていた。外見は三十代後半の鼻筋の通った痩せた男だ。この寒さの中コートも羽織らず、スーツ姿で近づいてくる。その顔を見て、充はあの日廊下でぶつかった男だと気がついた。

「あんた、あの時の…!!」

充が指さして大声を上げると、男は一礼して充たちの前に立ち止まった。

「時間管理局の細野《ほその》です。あなた方が手にしている物を返していただきたい。それは我々の物です」

　男が手を差し出して返却を要求する。充は衝撃がやっと治まり、今度は憤慨して立ち上がった。

「俺たちが変な時代に飛ばされたのは、お前のせいかよ!? 　時間かん…なんだか知らないけど、一体どういうことなんだよ！　説明しろ！」

「あなたが間違えて持っていってしまったから、タイムリープが行われてしまったのだ。おそらくあなたが時間移動をしたことがあるのが原因だった。今から元の時間へ戻すので、それを返してほしい。あなた方がいた痕跡で危険なものは追って我々が処理する」

　淡々と語る細野に大智が険しい顔で迫る。

「ちょ、ちょっと待て、最初から説明してくれ！　いきなり途方もない話をされても、訳が分からないだろう！」

　大智に食ってかかられて、細野が眉を顰めた。

「そうだ、そうだ、勝手なこと言ってんな！　何が起きたか一から説明しろよ！　でないと返さないんだからなっ」

　大智の手から球体を奪ってしっかり握りしめると、細野がやれやれといった顔で肩をすくめた。どこか嘘くさい態度だ。もしかしたら人間じゃないのだろうかと充は凝視した。

「タイムリープをした人間は皆同じような反応を見せる。説明が必要か？　あなた方に必要なのは、即刻自分たちのいた世界に戻ることでは？」

「納得しないと動けません」

大智が厳しい顔つきで細野を見据えると、仕方なさそうに細野は腕を組んで充たちを見返してきた。

「では簡単に。その球体は時間移動するためのものだ。私は刈谷充とぶつかり、それを紛失した。刈谷充はその球体を所持していたことで時間の歪みにはまり、この時代へ飛ばされた。隣にいる南大智は巻き添えを食ったのだろう。以上、質問は？」

細野に説明され改めて球体を見たが、今はもう光っていない。こんな小さな物に、時間を移動する能力があるなんて信じられない。これを所有している細野にも疑問が湧く。

「あなたは一体…？」

大智も同じ思いに駆られたらしく、細野を凝視して問いかける。

「私は時間管理局の者だ。それを探してあらゆる時間を駆けていた。ようやく先日信号が発信され、この時代だと分かったのだ」

「あ、針で刺した奴…？」

針で球体を刺したのを思いだし、充は目を見開いた。あれが信号を発信したということなのか。

「さっき時間移動したことがあるのが原因って言ってたけど…、まさか充はこの時代に生まれたというのか？　不忍池に落ちて？　やっぱり久蔵さんの息子なのか？」

大智が強張った顔で詰問している。充も自分のことなので神妙な顔で細野を見た。細野は驚いた様子で充を見る。

「よく知っているな。まさか記憶があるのか？」

細野が肯定したので、充も大智も呆然として顔を見合わせた。そんな馬鹿なことがあるのか。充はこの時代に生まれて、時間移動した？　じゃあやはり房子は充の母親で、久蔵は父親だというのか――。

すぐには受け入れがたい事実に戸惑っていると、細野が厳めしい顔で充を射抜く。

「刈谷充はこの時代に残ることが希望なのか？　それには多大な記憶操作が必要になる。残念ながら受け入れられない。君は長い時間を過ごした世界に戻るべきだ」

「……」

細野にはっきりと断言され、充はショックを受けながらも心のどこかでホッとしている部分があるのに気がついた。実の両親と過ごす幸せ――それはずっと夢に描いてきたものだ。けれどここは自分のいる世界ではない。充には暮らしてきた世界がある。

「戻れるのか…自分たちのいた世界に」

大智がぽつりと呟いて充を見つめた。充も大智を見つめたが、その目には一つの戸惑いが表れていた。帰れるのは嬉しい。そう思う傍ら、帰りたくない気持ちが存在している。両親がいるというだけではない、今この場で帰ってはいけない気がするのだ。

「ちょっと待て、充は何度も死ぬ目に遭ったと言っていた。元の時代に戻ったら死ぬなんてことないだろうな？」

呆然としていた大智がハッとした様子で、大切な質問をしてくれた。充自身がすっかり忘れていたのに、大智はちゃんと覚えていたらしい。

「あれはこちらのミスだ。刈谷充は死なない。理解したなら、あなた方を元の世界に戻す」

充と大智の悄然とした姿を見て納得したと勘違いした細野が一歩近づいてきた。

充は決意を込めて二、三歩下がると、手に握っていた球体をぱくりと口に入れた。

「えっ⁉」

細野も大智もびっくりした顔で固まった。充はごくんと飲み込み、両手を広げて平然と口を開いた。

「飲んじゃった」

「の、飲んじゃった……?」

充の言葉をおうむ返しした細野は、驚愕に身を震わせている。大智も呆気にとられた顔で充を見つめ、言葉を失っている。冷静な顔をした細野の顔が崩れるのが面白くて、充は頭を掻きながら笑顔になった。

「やーごめーん。飲んじゃったよ。俺、便秘症だから一週間くらいしたら出てくると思うから。あ、この時代ぼっとんだから気をつけないと！」

充が明るい声で告げると、細野は明らかに想定外の事態だったらしく、動きがおかしくなっている。

「理解できない、何故飲む？　それは食べ物ではない。分からない、飲んだ理由が見当たらない、刈谷充、説明してほしい。それがないとあなた方は元の世界に戻れないと承知の上か？　分からない、そんな動きは想定していない」

急にかくかくした動きになった細野は、まるでロボットみたいに見えた。充はお腹をさすり、困った顔で笑った。

「ごめん、ごめん。一週間くらいしたら出てくると思うから、ちょっと待ってて。そうだな、次の火曜くらいには出てくんじゃね？　ちゃんと洗っておくし。あと一週間ここにいたってたいして変わりないだろ？」

充の図々しい発言に細野は怒るかと思ったが、混乱した様子で無言になった。

「とりあえず出てきたら、呼ぶよ。どうやって連絡とればいい？　あ、これまさか俺のお腹で消化されたりしないよね？」

黙っている細野に重ねて尋ねると、ようやく冷静になったのか細野が重苦しく口を開いた。

「消化はされないはずだが…。仕方ない、我々も暇ではない。一週間後にはきちんと返してくれるのだろうな？」

「返す、返す。俺たちも帰りたいし」

「――――言質はとった」

細野が呟き、それと同時に赤い光が細野の手から放たれ、充の周囲をぐるりとした。赤い光は充に吸収されるように消える。

「な、何？　今の」

「あなたが返すと保証した証拠だ。もし破られた場合刑法千六百三十二条に基づき、あなたの腹を裂き、球体を返してもらう。なお、自分たちの正体に関しても第三者に漏らした場合、その時点で処分するので注意してほしい」

細野が涼しい顔で恐ろしいことを告げ、くるりと背中を向けた。

「やだコワイ」

充が甲高い声を上げると、細野は「一週間後に」と呟き、急にその場から消えてなくなった。細野が消えると共に、宙に制止していた雨や雪が充たちの身体に落ちてくる。夢から醒めたみたいに充と大智は急いでその場から離れた。

「充…っ、お前！」

上野恩賜公園から離れ、民家の軒下に入るなり、大智が腹を抱えてげらげら笑いだした。つられて充も噴きだし、互いに肩をぶつけ合って笑う。

「――すごいよ、お前。ちゃっかりしてる。俺はもう言うこと聞く気になって、こけら落としのことは頭からすっぽり抜け落ちてたのに」

笑いすぎて大智は目尻からこぼれた涙を拭っている。

充がもぎとった一週間という猶予――細野は気がついてなかったようだが、アルト公会堂のこけら落としを見込んでの日どりだったのだ。

「あたりめーだろ。せっかく受かって演奏できるのに、ふいにするかよ。この時代で俺たちを助けてくれた人のためにもさ、絶対アルト公会堂で演奏しなきゃ。おまけに、ほら」

懐から球体をとりだして、充は得意げに見せる。

「飲んでなかったのか⁉」

「飲むわけねーだろ。こんな得体の知れねーもん。俺、手先は器用なんだ。得技はジャグリング」

大智がびっくりして充を尊敬の眼差しで見つめた。

球体をポケットにしまって充はウインクする。

二人きりになり気分が落ち着いてきて、先ほど現れた謎の人物についてあれこれと討論し合った。時間管理局と言っていたが、本当に何者だろう？　変な光は放つし、宇宙人かもしれない。

充の出生の秘密も驚きだったが、房子の話を聞いてからそういう可能性があるかもしれないと思っていたのでパニックになることはなかった。むしろ真実を知り、そうだったのかと気分がすっきりした。細野は元の時代に帰れと言っていたが、充に選択権を委ねなかったのは有り難い話だった。もし決めろと言われたら、悩み苦しんだだろう。大智とこんな関係にならなかったら、ひょっとして充はこの時代に残るのを希望したかもしれない。

「俺たち、ちゃんと帰れるんだな」

大智が上擦った声で呟き、そっと充の手を握ってきた。霙が周囲の視界を遮っている。充が大智を見上げると、待っていたみたいに大智が屈み込んでキスしてきた。

「お前が残ることにならなくて、よかったよ…」

安堵した声で囁き、大智に抱きしめられる。この温かさを知ってしまった今では、もう離れることはできない。充はぎゅっと抱きしめ返し、霙が降る中、複雑な胸中を覆い隠した。

演奏会当日までの数日は瞬く間に過ぎた。

またあの謎の人物が現れはしないかと怯えていたが、杞憂《きゆう》に終わった。充たちは郷里の両親から連絡が来たということにして、演奏会が終わったら地元に帰ると嘘をついた。そうしたほうがいいと皆が口を揃えて言ったのは、やはり充たちが家出をしてきたと思い込んでいたからだろう。演奏会までの練習の傍ら、充たちは銀乃鏡や杉井邸で世話になった人に、礼を言って回った。もう金の使い道がないというのもあって、充と大智は真理や菊、舞、女中たちに高級ハンカチを、由紀彦にはめんこを買ってあげた。がんばって溜めていたつもりでも、それだけ買ったらお金はもうなくなってしまった。真理は大智が去るのが寂しそうだ。銀乃鏡では大智と充目当てで来ている客も増えていたらしく、辞めると知り金原はがっかりしていた。がっかりしていたのは多分、安い賃金で雇えていたことが大きい気がする。最初に助けてもらった警察官の矢木にも会いに行き、地元へ帰ると話しておいた。矢木はそれがいいとうんうん頷き、充たちに親御さんは大切にしろと説教を始めた。

思えばこの時代に落ちてから人に助けられてばかりだ。無一文で素性も知れない自分たちをよくまぁ受け入れてくれたものだと思う。充たちの時代にこんな怪しい人間が現れたら、どうだろう？　自分が逆の立場だったら、同じように助けの手を差しだせるだろうか？

帰る日が近づくにつれ、この時代に愛着が湧いてきているのを感じた。それは大智も同じみたいで、時々寂しそうな顔をしている。

この時代の冬は寒い。温暖化を叫ばれている充が生きている時代の冬は暖冬だったのだとつくづく感じた。東京にもこんなに雪が降るのだなぁと感心した。

前日のリハを終えて、演奏会当日――二月二日は朝から雪が降っていた。雪で客が来られない事態にならなければいいと願いながら充と大智は楽屋に入った。充も大智も借り物のタキシードだ。

「助かった、雨に変わってきた」

オーケストラの団員の一人が外に様子を見に行って胸を撫で下ろした。雪だと車や電車の交通が乱れるので雨のほうがマシかもしれない。楽屋はストーブとオーケストラの団員の熱気で温かいくらいだが、ひとたび外に出ると寒さに手がかじかむ。アルト公会堂内のあちこちにだるまストーブが置かれているが、直前まで手を温めて出ないと、指の動きが悪そうだ。

「充、ちょっとホールに行ってみないか？」

開演前というのもあって、まだアルト公会堂内は人が入っていない。充と大智はこっそりホールを覗きに行き、できたてほやほやの舞台を楽しんだ。久蔵がこだわるだけあって、確かに反響もいいし、内装も凝っている。何十年も愛されるホールの初日に演奏できるなんて、これ以上ない名誉だ。

「とうとう本番ですね」

舞台に立って大智とあれこれ話していると、客席の扉から久蔵が現れて満面の笑みで充たちに近づいた。

「久蔵さん、本当にお世話になりました」

大智が頭を下げ、充も慌ててそれに倣った。久蔵は紳士的な笑みを浮かべたまま、充と大智の肩に手を置いた。

「私は何もしていませんよ。チャンスを与えただけ。私はこれからの日本の音楽業界をけん引するためにも若手を育てたかったのです。ヨーロッパでも活躍できるような日本人をたくさん作りたい。そのためにはまず国内でクラシックに対する関心を強く持ってもらわねばね。今バイオリンを通じて子どもたちの才能を引きだそうという動きもあるのですよ」

「へぇー」

目を輝かせて未来を語る久蔵に充も微笑んだ。この時代の若者や中年は皆未来を熱く語る。誰もが今よりよい国にしようと息巻いている。

「君たちには大いに期待しています。がんばりなさい」

久蔵は慈愛に満ちた眼差しで充たちを見つめ、会釈をして去って行った。

「いいのか？　追いかけて少し話したら？」

大智はあっさりとした充の態度が気になったらしく、久蔵が消えた扉を指して告げる。充はどうしようか一瞬迷い、大智に背中を押されて仕方なさそうなそぶりで久蔵を追いかけた。舞台を出て、一階のラウンジのところに行くと、久蔵が房子と話しているのが見えた。房子は牡丹の柄が美しい和装で、充はどぎまぎしながら近づいた。

「こんにちは。先日はありがとうございました」

「あら、ミツルさん。今日は楽しみにしてますのよ。緊張なさってないかしら？」

房子は充を見つけて、穏やかな笑みを向ける。久蔵は隣でにこにことしていて、ふいに締めつけられるような想いが充の胸中を襲った。本来ならば本番前にこうして親子の会話をしていたのだろうか？

「はぁ、いや、ちょっと…」

舞台に立つ緊張よりも房子と話す方が緊張する。何をどう言っていいか分からず、充はもごもごと口の中で呟いた。

「ふふ。そういう格好をなさると大人びて見えるものねぇ。……あら、なんだか久蔵さんの若い頃を思いだすわ。すごくそっくりなのよ」

房子が不思議そうな顔で充をじいっと見つめる。房子の目を見ていたら、本当のことを口走りたくなったが、すんでで堪えた。ずっと自分の両親はとてつもない悪人か、子どもが嫌いで捨てたのではないかと疑っていた。――真実は違った。

とても愛されていた。空っぽの墓をいつもきれいにしてくれるくらい。未だに変わらぬ愛情を注いでくれていた。自分は愛された子どもなのだと思うだけで、全身に力が漲《みなぎ》ってくる。欠けていた心が修復され、温かいもので満ちてくる。

「あの……ミツル君は、きっと違う世界で幸せに暮らしていると思いますよ」

房子を見ていたら泣けてきそうで、充は精一杯の思いを込めてそう告げた。房子の目が丸くなり、寂しげな、それでいてどこか柔らかい笑顔になった。

「そうね…。きっとそうね。ありがとう」

房子の手がそっと充の二の腕を撫でたので、充は手を差しだして房子の手を握った。細くて柔らかい指。きっとこの感触を自分は永遠に忘れないだろう。

二人と別れ、充は楽屋に繋がる廊下に戻った。大智は楽屋の前で待っていてくれて、充が泣きそうな顔で抱きつくと、よしよしと頭を撫でてくれた。

開演時刻が近づく。最高の演奏をたくさんの人に届けなければならない。

充は大智の匂いを嗅ぎながら、硬い決意を秘めていた。


アルト公会堂の初演が幕を上げた。久蔵が始まりの挨拶を短く告げて来場者にお礼の言葉を述べた。舞台には一般公募で選ばれた女学生が、初々しい制服姿でピアノの前に座って待っている。

女学生がモーツァルトのピアノソナタ第十一番を弾き始め、客席が軽やかな音に聞き惚れる。

充と大智は次の出番なので舞台の袖で待っていた。

女学生の演奏が終わり、たくさんの人に拍手され、紅潮した頬で舞台を去って行く。続けて充と大智が舞台に進み出ると、客たちの拍手が起こった。

大智がピアノの前に座り、充がその斜め前に立って視線を合わせる。

呼吸を揃えて演奏を始めた。モーツァルトのバイオリンソナタ第三十三番へ長調――ひときこの空間を音のるつぼに変える。陽気なアレグロの第一楽章に対して、アンダンテの第二楽章は哀愁漂う音楽だ。充は第二楽章の掛け合いの部分が好きで、弾いている間は大智と音で会話している気分になる。直前まで大智と手を握っていたせいか、指がよく動く。それに視界も良好だった。心配そうに見守る久蔵や房子、杉井一家、真理と美和の顔もはっきり見えた。落ち着いている。さすが久蔵が綿密な設計を元に作ったホールだ。音の響きが違う。

大智の伴奏が胸を高鳴らせる。どうしてこんなに充が気持ちよくなるように弾いてくれるのだろう。

第三楽章に入ると終わりが近づくのがもったいなくて仕方なかった。大智のピアノの音が耳に心地よい。客席がしんとしていて、集中できる。ビブラートが蕩けるようだ。

モーツァルトは完璧な調和という人もいるが、確かにどこにも引っかかるところがないほど気持ちよいだけの音の羅列が続く。

そしてフィナーレへ。物憂げな音がやがて静かに終わりを告げる。

今できるベストな音が出せた。充がバイオリンを下ろすと、観客から大きな拍手が湧いた。

久蔵もブラボーと大きく手を打っている。汗ばんだ顔で充は大智と顔を見合わせて笑い、今度はポジションを変えた。ピアノとバイオリンが交代したことで、客席が戸惑い、興奮した目つきになっている。

充はピアノの前に座り、呼吸を整えて大智を見上げた。大智は軽く調弦した後、充に強い視線を向け、目で合図を促す。

次の曲が始まり、客席がまた静まり返り音に耳を向ける。

バイオリンソナタ第三十六番変ホ長調――大智と曲選びする時に、互いの曲の伴奏をしようと決めたが、モーツァルトのバイオリンソナタのピアノは伴奏というより対等に弾き渡る曲だと分かって選んだ。バイオリンの音とピアノの音が密接に絡まり合い、対照的に響き渡り、綺麗に混じり合っていく。

大智の出すバイオリンの音を聴きながら、やっぱり好きだなぁなんて考えて鍵盤を叩いていた。さすがに四カ月も寝食を共にしたせいか、今は完璧に大智と音を合わせられる。自分がどちらを弾いているのか錯覚するほど、呼吸が合う。充の出す音に大智が応える。大智の音は自分のより耳触りがよく、小川を流れる清き水のようだ。

なんか強制合宿みたいだったな。本番直前にそんなことを告げたら、大智は馬鹿、と笑って充の額を小突いた。

悪くなかったよ。

充は第三楽章のロンドを客に聴かせつつ、大智に目で訴えた。大智が唇の端を吊り上げて、細部まで文句のつけようがない音を聴かせてくれた。こちらも気が抜けない。軽やかに音階を駆け抜け、大智のリズムに合わせる。

最後は体操選手が着地を決めるみたいにびしっと決めた。大智の晴れ晴れしい満足げな顔に、客席から歓声が響き渡る。久蔵のブラボーも聞こえるし、どうやら期待には応えられたようだ。

充はピアノから立ち上がり、大智と手を繋いで客の声に応えた。この瞬間はきっとどの時代も変わりない。客の拍手と歓声は音楽家にとって生きる糧だ。充は大智と笑顔を見せ、一礼して舞台の袖にはけた。

「楽しかったな」

暗がりを進み、大智が興奮して告げる。いつもオーケストラで演奏する大智だが、やはりソロでの舞台は特別なものがあるのだろう。

「ああ、最高にいい時間だった」

充もほうっと吐息をこぼして呟く。舞台では有名な作曲家がピアノを演奏している。充と大智は遠くから鳴り響くメロディに耳を傾けながらその場を後にした。

アルト公会堂でのこけら落としは成功を収め、小さいながらも新聞記事に当日の演奏の様子が載った。充たちは期待の新鋭と書かれ、観に来てくれた皆が喜んでくれた。

火曜の朝は、まだ日が昇る前から大智と目覚め、書置きを残して杉井邸を出て行った。見送りなどされては困るのでそっと消えることにしたのだ。コートの下に最初に着ていたピンクのパーカーを身にまとうと、妙な違和感があって参った。すっかりこの時代の服装に感化されている。そういえば結局太陽族とはなんだったのだろう?

持ってきた荷物といえばバイオリンしかない。充は自分のバイオリンを担いで歩き、大智は手ぶらで上野恩賜公園に向かった。

不忍池に着くと、待つほどもなくあの謎の男が現れた。充が球体を差しだすと、どこか怒った顔でそれを受けとった。

「この時代で得た物はここに捨てていくように」

細野が尖った声で命じる。

「あのさぁ、あんたってやっぱ宇宙人?」

充がコートを脱いで聞くと、細野は顰め面のまま球体をくるくると動かした。大智も充と同じくこの時代でもらったコートを脱いでゴミ箱に入れる。余ったお金は杉井邸の離れに置いていったので、他には何もない。

「詮索はするな。では始める」

細野の声と共に球体が光を放った。そしてぱかりと二つに分かれる。

「うぉっ」

充が目を見開いて覗き込むと、細野の腕が点々と光を放ち、周囲の風景が歪み始めた。

「――なお、この時代に関する記憶はすべて抹消する」

重力が変に感じられた時、ついでのように細野が告げた。とたんに大智が「えっ⁉」と悲鳴に似た声を上げた。

「ちょ、ちょっと待て‼　それじゃ俺たちは――」

大智は絶望的な表情で細野に食ってかかっている。記憶を抹消するということは大智とのあれやこれやも消えてしまうのか。充も唖然として細野と大智を交互に見た。すでに地面ががくがくと揺れていて、景色が一変していた。高速のミキサーの中にいたらこんな感じだ。足元もおぼつかないし、自分がどこにいて何をしているのかよく分からなくなる。

「充――」

大智が充の手を握って何か叫んだ。もう何も聞こえなくなっていて、充は荒波に放り込まれたみたいにすごい勢いでどこかに引っ張られた。激しく揉みくちゃにされて、すぐに意識は遮断された。

すべては一瞬で終わっていた。充は一気に遠い世界に呼び戻された――。

＊＊＊

前日のリハを終え、刈谷充は楽譜を閉じて椅子から立ち上がった。

ピアノの蓋を閉め、同じ舞台に立っていた南大智と一緒に片づけを始める。大智とは昔からのつき合いで、同じバイオリニストとしてライバルであり親友でもある。

充が今演奏していた舞台はアルト公会堂といって、昭和三十三年に造られた古いホールだ。老朽化でアルト公会堂がとり壊されるということで、最後のコンサートが明日行われる。充はソロで活躍する若手バイオリニストで、今回メインで演奏する紀ノ川という有名バイオリニストから名指しで招待を受けた。充と同じく大智も、その一人だ。コンサートは三部構成になっていて、一部で充と大智がモーツァルトの三十三番と三十六番をピアノとバイオリンを交代して弾く。大智は地元の県のオーケストラでコンマスを務める実力者で、とても優雅で綺麗な音を響かせる。

前日のリハは滞りなく終わった。充と大智はそれぞれのバイオリンを抱え、楽屋へ戻った。楽屋には昼飯の弁当がスタッフから用意されていて、お茶を淹れながら一緒に食べた。楽屋の一つが火事で焼けて使えなくなったそうで、当日は狭いこの部屋に充たちとオーケストラの面々がひしめくらしい。

「……なぁ、俺たちなんでこんなぴったり合ってんだっけ？　ちょっと前まで、すげー お前に怒られてた気がするんだけど」

アルト公会堂の楽屋は窓のない防音設備のある部屋で、壁にかかっている絵以外見るものがない。横に並んで座っている大智に目を向けると、向こうも不可解な表情で卵焼きを咀嚼《そしゃく》している。

「……そうなんだよな…。怖いくらい息が合ってたよな…。まるで特訓でもした後みたいに…」

大智も疑問に思っていたらしく、首をひねっている。

大智と楽器を変えて演奏しようと思いついたまではよかったのだが、最初はまったく息が合わずに大変だった。なかなかお互いのオフの日が合わず、練習量も足りていなかったのも原因かもしれない。このままで大丈夫だろうか——そう思っていたはずが、何故か突然呼吸がぴったり合って、演奏が格段とよくなった。完璧といってもいいくらいに。

「それに大智の音、ちょっと変わったな。お前、そんな艶のある音出してたっけ？　や、スゲーいいと思うけどさ。焦るな、なんか」

不思議なことは他にもある。大智の音色が艶を増していた。ほんの数日で何が起きたのかと疑いたくなるくらい、前は四角四面としていた大智の音が色づいている。誰か恋人でもできたのだろうか。やけに気にかかる。

「彼女でも、できたの？」

お茶を飲みながらさりげなく聞くと、大智が頬をうっすら赤くして目を逸らしてしまった。まさかできたのか。ショックだ。大智は以前自分が寝ている隙にキスしてきたことがある。てっきり自分にまだ片思いしていると思ったのに、いつの間にか別の人を見つけていたとは。

「ふ、ふーん…。誰だよ、俺の知ってる人？　のろけてもいいよ。言ってみなよ」

大智に探りを入れているのが我ながら嫌になるが、気になるのだから仕方ない。充は食べている弁当を寄せて大智の顔を覗き込んだ。大智は充と目が合うとまたそっぽを向いてしまう。気がかりといえば、十一月に入って練習で顔を合わせると、大智が居心地悪そうな顔ですぐ目を逸らすようになった。充が飲みに誘っても断るし、身を寄せると近づくのが怖いみたいに距離を置く。いくら恋人ができたとはいえ、そのつれない態度はどうだろう。内心苛々していたが口に出すのも大人げなかったので黙っていた。

「別に…。彼女なんかできてないよ」

大智は弁当を食べるふりをして、また充から目を逸らす。彼女はいないと聞き、安堵している自分がとても嫌だ。これじゃまるでいつの間にか大智に恋をしてしまったみたいだ。そもそも寝込みを襲ったのは向こうのくせに、どうして自分がやきもきとしなければならないのか。

「嘘つけ。じゃあなんでそんな音色が変わってるんだよ」

「俺にもよく分からない」

大智が自信なさそうに呟く。声を聞き、自分でも本当に音色が変わった理由が分からないというのが分かった。弾き手の精神状態が変化したのでなければ、出す音色が変わるはずがない。大智は昨日今日バイオリンを弾き始めたわけではないのだから。すでに確立した音色を持っている男が、甘い音色に変わったのなら、絶対に何か理由があるはずだ。

不可解な点といえば、これだけ大智がよそよそしくなっているのに、一緒にモーツァルトを弾き始めると息がぴったり合うのも変だった。

「おはよう、諸君！　聴かせてもらったけど、素晴らしい完成度じゃないか！　君たちは前世で生き別れた兄弟か恋人に違いないよ!」

けたたましい声でドアを開けて入ってきたのは、紀ノ川滋だった。ドイツで主に活動している日本でも指折りのバイオリン奏者で、今回の公演のため初めて顔を合わせたが、かなりの変人で話についていくのが大変な人だ。今年三十二才になった彼は、彫りの深い顔立ちで日本人じゃないようにも見える。一カ月前にドイツから帰国して以来、毎日有名なケーキ店を練り歩いているという噂は本当か。

「おはよう。とても素晴らしい演奏だったよ。俺たちだけで聴くのがもったいないくらいだ」

紀ノ川の背後から苦笑して現れたのは新城和成だ。紀ノ川と同年齢の彼は、大事故に遭い、一時はバイオリンを弾くのを諦めたという。リハビリと手術を数度行い、今では若い頃にも負けないほどの音色を響かせている。紀ノ川とは対照的に穏やかな物腰の優しげな人で、復帰してからも女性ファンを多く獲得しているという。復帰したと言っても、これまで多くの聴衆はCDでしか新城の音色を知らず、今回の公演で初めて人前で弾くので、聴き手は大きな期待を寄せている。充もリハで聴かせてもらったが、今の自分では到底太刀打ちできない高みまで登っている気がした。

新城の音色は聴く者の魂を揺さぶってくる。それはもしかしたら彼が事故に遭った不遇のバイオリニストとして同情しているのかもしれないが、それだけではない何か圧倒的な力を感じる。話していると物静かな人なのに、この人の胸の中には大きな激情があるのだろうなと思えるのだ。

「いや、まだまだですよ」

紀ノ川と新城に褒められ、大智は箸を止めて大きく首を振っている。

「そんなことはないよ。俺なんか二人の息が合っているから長年組んでいるのかと誤解したくらいだ。俺と紀ノ川がやっても、ああは上手くできないよ。ねぇ?」

新城がいたずらっぽい笑みを浮かべて紀ノ川に話を振る。

「そうだな、まずどちらがバイオリンを弾くかで喧嘩になるな。こいつはこう見えて頑固なところがあるから、弾きながら俺にいちゃもんをつけるに違いない。俺も黙っていられないタイプだから、討論になるな。最終的には日常のあらゆる出来事をぶつけ合うだろう。こいつは奈良説だから九州説の俺とは結局相容れない運命で…」

「この人の言うことは気にしなくていいよ」

紀ノ川の言葉を遮るように新城が口を挟む。奈良説と九州説とはなんだろう? 紀ノ川の話は意味もなく飛ぶから分からない。

「この後リハですか?」

充が新城に聞くと、にっこりとして頷かれた。新城は男性なのだが綺麗な面立ちをしているので、笑うとやけにどきどきする。楽屋には先ほどから午後のリハーサルのために、オーケストラの面々が集まってきていた。指揮者の大和健《やまとたける》が急ぎ足で現れ、皆に挨拶をした後、責任者に話があると言ってすぐまた楽屋を出て行った。充たちのリハーサルは終わったので帰ってもいいのだが、後学のために拝聴していこうと思う。

「そういえば紀ノ川さん、どうして俺たちを指名したんですか？」

他愛もない話の途中、大智が思い出したように紀ノ川に尋ねた。充もそれは知りたい。数あるバイオリニストの中で、どうして充と大智が選ばれたのか。公演をやるに当たって最初に声をかけられたのは紀ノ川だったという。紀ノ川が人前で弾けるかどうか不安だった新城を説き伏せ、メイン奏者の一人にしたのだ。紀ノ川は三部構成にして、一部は若手にやらせたいと考え、充と大智に声をかけてきた。

「ああ、それは簡単な話なのだよ」

紀ノ川は質問を受け、ちょっと待っていてくれと楽屋を飛びだした。何事かと思い待っていると、一分ほどして分厚いファイルを持ってきた。

「これこれ。見てくれ。これを見ていて思いついたんだ。先日の火事でかろうじて残っていた資料だ」

紀ノ川が得意げにファイルされた古いプログラムをとり出す。紙が傷んでかなりくたびれているが、これはアルト公会堂のこけら落としのプログラムだという。昭和三十三年と印字された紙は二つ折りの簡素なものだったが、時代を感じさせる貴重な資料だ。

「へぇー。これが初演なんだー」

充がまじまじと見ると、びっくりする出来事があった。初演で演奏したバイオリン奏者の名前が南《みなみ》大地《だいち》と刈谷満《かりやみつる》という充たちと一字違いの青年だったのだ。年は十九歳と書いてあり、紀ノ川の情報によると一般公募で選ばれた二人らしい。しかも二人が演奏した曲が充たちがやろうとしている曲とまったく同じ――何か鳥肌が立つような符号に充たちは呆気にとられた。

「名前を見て、こんな若手いたよねって話になってね。それじゃ一つ頼んでみるかって。俺は別に同じ曲をやってほしいとまでは言わなかったんだが、君たちが出した曲目リストの中にこの二曲があったからさ。せっかくだし、初演と同じ曲をやってもらおうじゃないかってことでモーツァルトの三十三番と三十六番を選ばせてもらったってわけなんだ」

紀ノ川にタネを明かされ、不思議な思いで大智と見つめ合った。初演で演奏した二人のおかげで選ばれたというわけか。一字違いとはいえラッキーな偶然だ。

「紀ノ川はこういうのが好きなんだ。でももちろん実力がなければ選ばれなかったと思うよ」

隣にいる新城がフォローしている。きっと名前だけで選ばれたと思ったら意気消沈すると思ったに違いない。

「いやいや俺らラッキーって感じですよ。な?」

充が明るく笑い飛ばすと、大智はプログラムをじいっと見つめ、うわの空で「そうだな…」と頷いた。

「それにしても君たち、昔からのつき合いって聞いているけれど、ぜんぜん違うタイプに見えるね。でもだからこそいいのかもね」

新城が充と大智を交互に見て面白そうに笑った。

今日の充の服装はスタジャンにピンクのヒョウ柄のシャツにダメージジーンズ、それに反して大智はジャケットに白シャツにスラックス。ボタンはきっちりと一番上まで留めている。

「君はチャラ男すぎる！」

紀ノ川は充をびしっと指さして断定する。よく言われる。自分ではチャラいとは思っていないのだが、服装は派手好きだ。

「当日はタキシード着ますし」

充がへらへらして答えると、紀ノ川は「そのままでも面白いけど」と注意しているのかどうか不明な発言だ。一応充もその辺はきちんとするつもりだ。義父も観に来るし、変な服装をしたら叱られる。

「お弁当でーす」

スタッフが紀ノ川たちの分の弁当を運んできた。楽屋が騒がしくなり、充は中断していた昼食を再開したが、大智はまだこけら落としのプログラムを見ていた。


紀ノ川たちと話してから大智の様子がおかしくなった。どこか物思いに耽っているというか、心ここにあらずという感じだ。リハを見せてもらい、すごいなと意見を求めても「うん…」と何かに囚われているような返事しかしない。

リハーサルが終わり、アルト公会堂を出た時にもまだその状態で、充は気になって大智の腕を引いて日暮里《にっぽり》駅まで一緒に行こうと誘った。大智の住んでいるマンションは日暮里駅から二つ隣の駅というのもあって、いつもは車なのに今日は電車で来ていた。

「なぁ、大智。なんか変だぞ。お前、そんなうわの空で明日大丈夫か？」

アルト公会堂を出て大通りを進み、充は物憂げな顔の大智に声をかけた。

「悩みがあるなら俺に言ってみろって。最近さぁ…お前さぁ…」

大智が黙りこくっているので、充は考えがまとまらないまま言葉を紡《つむ》いだ。本番前に大智が何故よそよそしい態度になったのか知りたかった。恋人ができて充に対する気持ちが冷めたなら仕方ないが、もし自分が何か悪いことでもしていたなら謝っておきたい。知らずに傷つけることがよくある充としては、大智とは円満な関係を築いておきたいのだ。

「なんかさぁ…俺に冷たいっていうか…他人行儀ってゆーか…」

充が途切れ途切れに探りを入れると、大智は驚いた顔で振り返ってきた。カーブを描いた道を歩いていて、ちょうど目の前にガソリンスタンドがあって車が出て行こうとしている。

「それは…」

大智が何か言いかけた時だ。強い風が吹いて道沿いに黄色く色づいていた銀杏が一斉に舞い散った。思わず空に目をやり、充は不思議な既視感に囚われて身動きができなくなった。

前にこんな風景を見たことがある。あれはいつのことだったか。

黄色い銀杏の葉はあっという間に地面を覆い、充の頭や肩に舞い落ちてくる。スタンドの店員が「こんなの初めてだなぁ」と辺り一面黄色くなった道を見て興奮している。大智の手が充の髪に刺さった銀杏をとった。

「ミツルさん⁉　ダイチさん⁉」

ふいに女性の甲高い声が聞こえてきて、充と大智は前方に目をやった。ガソリンスタンドから車が出て行ったのと入れ違いに、道を歩いていた老婦人が充たちのほうにびっくりした顔で近づいてきた。自分たちのファンだろうかと充と大智が会釈すると、老婦人は目の前まで来て急に顔を赤くした。

「あらまぁ。そんなわけないわね、すみません。昔お世話していた男の人たちにそっくりだったものですから。まぁいやだわ。ごめんなさいね、本当に。でもよく似ているわ。バイオリンを持っているところも一緒…」

カシミヤのコートを着た上品そうな七十代くらいの女性だった。充と大智を誰かと勘違いしてしまったようだ。それにしては名前が同じで気になる。

「すみません、呼び止めたりしてしまって」

老婦人はしきりに謝りながら、充たちとすれ違って行こうとする。すると急に大智が老婦人の腕を掴み、興奮した様子で問いかけた。

「あの、少しお時間いただけませんか？　その、お世話したって方について教えてください！」

「え、大智。お前どうしちゃった…」

充が驚いて顔を引き攣らせているにも拘わらず、大智は熱心に老婦人に話を頼んでいる。老婦人は嫌な顔をすることもなく、いいですよと微笑んでいる。

「私が女学生だった頃ね、うちでバイオリンを弾く男の方が二人下宿していましたの。ほんの半年くらいかしらね？　その二人とあなたたちがそっくりだったんですよ」

「失礼ですが、お名前を伺ってもいいですか？」

大智が真剣な表情で聞いている。充は黙って二人のやりとりを聞いていたが、老婦人が「十文字舞と申します」と答えると、何故かどきりとした。

十文字という苗字と舞という名前を聞き、急に落ち着かなくなったのだ。知っている人にそんな名前はいないはずなのに。それに老婦人の顔を見ていたら、やけに心がざわついてきた。この人の顔をどこかで見たような気がする。

「谷中霊園に墓がございましてね。お墓参りの帰りなんですのよ。まぁーそれにしても似ているわ。生きていたら私と同じくらいの歳のはずだから、そんなわけないのにねぇー」

老婦人が不思議そうな顔で充と大智を見つめる。充は咽に小骨が引っかかったみたいに、つかえたものが吐きだせずにいた。もう少しで思いだせそうな記憶があるのに、それは壁一枚隔てたところにある。

「あの、失礼とは思うんですが、そのお墓に案内してもらうわけにはいかないでしょうか？」

大智の申し出は奇妙なものだった。さすがに舞もいぶかしげに大智を見返している。充は何故か頭の中で点と点が繋がった気がして、思い切って口を開いた。

「そのミツルって、刈谷満じゃないですか？　アルト公会堂の初演に出てた…」

充の声に舞が目を丸くして微笑む。大智もびっくりして充を見る。

何故か先ほど見たプログラムの二人を思いだしたのだ。まさか顔まで似ているとは思わなかったが、奇妙な偶然は続くものだ。

「あらそうだわ、そうそう、そんな名前でした。そうよ、そう、アルト公会堂！　なつかしいわねぇ。もうすぐとり壊されると聞いて姉もがっかりしていましたわ」

「やっぱり。さっき保管されていた資料を見たんです。俺たちと一字違いで…なぁ？」

「あ、ああ。そうだ…」

大智も急いで頷く。充たちの話を聞き、舞も打ち解けてくれたのか、大智が重ねて頼むと墓に案内してくれた。日暮里方面に向かって歩いていくと、やがて谷中霊園が出てくる。桜の季節は華やかだが、冬は寂しげな場所だ。舞は墓の間をすいすいと歩き、一つの立派な墓石の前で止まった。

「ここが私の嫁いだ家のお墓ですよ。旦那の両親と亡くなった子どもが眠っているの。小さい頃神隠しに遭ったとかで子どもの遺体は出ないままだったんですけどね」

墓には十文字久蔵、房子、満の名前が刻まれている。充は名前を見たとたん、金縛りに遭ったみたいに動けなくなった。

「アルト公会堂を造った方ですよね…？」

大智が興奮した様子で言う。

「そうなの。音楽業界の発展に力を尽くした方なのよ」

舞は亡くなった両親についてあれこれと語り、用事があると言って去って行った。充は大智と墓の前に立ち止まったまま、無言だった。

先ほどからすごく変だ。胸がもやもやするし、ざわざわする。墓を見ていると泣きたい気分に駆られるし、呼吸もおかしくなってきた。もしかして頭が変になっているのか。

何故か知っている、という思いが頭をかすめた。

会ったこともない人なのに、この下に眠っている人の顔が浮かんでくる。優しい笑顔も。柔らかな指も。充に呼びかける軽やかな声も――。

「充……」

大智が強張った顔で充の名前を呼んだ。

充はぎこちない動きで大智を振り返り、呆然としてその目を覗き込んだ。

「俺たち、いたよな」

大智が自分でも信じられないといった表情で硬い声音を発する。

「いたよな――あの時代に」

大智の答えを聞き、充はいっぺんに様々な記憶が蘇った。


今まで思いださなかったのが不思議なほど、大智の顔を見ていたら次々と記憶が蘇ってきた。

「銀乃鏡でバイトしたろ?」

「杉井さんて人の離れに住んで」

「久蔵さんに会って、お前の親だって分かって」

「アルト公会堂の初演にも出た」

「ベーゴマやったよな？」

矢継ぎ早に大智に言われ、充はぽかんとして固まった。大智が何か言うたびに、記憶の奥底に閉じ込めていた記憶が引っ張りだされるのだ。いた。確かに、いた。昭和三十年代というまったく馴染みのない世界に。銀乃鏡という店でバイトして、杉井に拾われて人並みの暮らしを手に入れた。その後久蔵さんに会い、アルト公会堂の初演に一般公募として参加できたのだ。

「な、な、なんだよ、これっ。い、意味分かんねー」

自分が違う時代に旅していたなんて、ほんの一瞬前までは知らなかった。充が失踪していた時間などどこにもなかったのだ。それなのに――。

「俺たち、頭おかしくなったんじゃね？」

充が呆気にとられて呟くと、大智は険しい顔で充の手を握ってきた。その激しい勢いに押されて充は身を引く。

「俺はずっと変な夢ばかり見てたんだ。さっきの人に会うまで…、いやあのプログラムを見るまで、ただのおかしな夢だと思ってた。でも現実に起きたことなんだ。さっきの人は杉井さんちの次女の舞さんだ。俺は正常だ、あれは本当に起きた出来事なんだ、充――」

まくしたてるように言った大智が、突然抱きしめて唇を奪ってきた。仰天して押し返そうとしたが、何度もこうしていた記憶が蘇り、充は抵抗できなくなった。

身体が覚えている。幾度も唇を重ね、その熱を感じた。自分を抱きしめる腕の強さが、甘い記憶を呼び覚ます。大智の吐息が頬にかぶさる。充は自分の体温が上昇したのを知って、鼓動を速めた。

「変な夢ばかり見て……好きすぎて妄想してるんだと思ってた。でも違う。あれは現実に起きたことだ。よそよそしくしていたのは……お前とくっついてると、身体に変化が出るというか…ともかくやばい状態だったんだ」

「何、まさか勃起するってこと？　だから距離おいてたの？」

大智が最近他人行儀だった理由が分かり、つい噴きだしてしまった。さすがにムッとしたのか大智が軽く頭を叩いてくる。目が合うとまたキスして来ようとしたので、慌てて止めた。

「大智、ここ霊園…」

谷中霊園でキスなんてあまりお勧めできない。通りの向こうから犬を散歩している女性も近づいているし、何よりも日が陰ってきて鬱蒼《うっそう》としてきた。

「充、このままうちに引っ張り込んでいいか？」

充の腕を掴み、勢いよく歩きだしながら大智が告げた。大人しく引かれるままにして、充は照れて笑った。

「久しぶりだな、お前んち行くの。――お前にキスされて以来だろ」

少々意地悪かなと思いつつ、誘ってくれなかったのも寂しかったので、大智の背中に投げかけてみた。大智はうっすらと頬を赤くして振り返り、口をへの字にする。

「次にお前がうちに来る時には、告白するしかないと思ってたから呼べなかったんだよ」

思ってもみなかった話をされ、充は目を丸くした。大智なりに悩んでのことだったのか。充は走りだして大智の肩に自分の肩をぶつけた。互いにバイオリンケースを抱えて歩いているので、ぶつかるとケースも揺れる。

「じゃあしてくれよ。楽しみにしてるからさ」

茶化すように告げると、大智の顔が引き攣った。


大智の住んでいるマンションは防音設備のしっかりしたところだ。隣で犬が鳴いていてもぜんぜん聞こえない。前に夜通し騒いでいたことがあっても、どこからも苦情はこなかったという。

壁に頭をつけて、充は目を閉じたまま鼻を鳴らした。

「ん…ぅ、ん…」

隣人に聞こえないというのはいいのだが、靴を脱ぐなり深いキスをされたのには驚いた。それまで重々しい顔をしていたくせに、頭の中はいやらしいことでいっぱいだったのかと突っ込みを入れたくてたまらない。大智は充の唇を吸いながら、次々と衣服を脱がしていく。口を閉じようとすると指が差し込まれ、歯列を触られる。唾液がこぼれて嫌なのに、大智は指で充の口の中を弄りながら耳朶をしゃぶる。

「や…、ぁ…」

舌を指で撫でられて、思わず大智の指を噛む。すると大智がお返しみたいに耳朶を甘く噛んできた。大智の唇が首筋に落ちて、痕が残りそうなほどきつく吸ってくる。

「充…」

大智が興奮した声で囁き、充のジャンパーのジッパーを開く。手が差し込まれ、シャツの上から胸元を撫でられた。

「ん…っ、ぁ…っ」

大智に唇を吸われながら、乳首の辺りを引っかかれた。布越しにカリカリと弄られ、乳首が芯を持つ。布の上からぎゅっと握られ、充はびくんと身をすくめた。

「お…俺の乳首の感度がよくなってたのは、お前のせいだったんだな…」

濡れた唇を手で拭って、充は吐息をこぼしながら軽く大智を睨みつけた。最近何故か乳首が感じるようになっていて変だなと思っていたのだ。

「このおっぱい星人め…」

シャツのボタンが開かれ、大智が乳首を引っ張ってくる。

「だからおっぱい星人じゃないって…。でも舐めたい。舐めていい？」

大智は聞きながら充のシャツを全開し、唇を寄せる。いいとも言ってないうちから乳首を舌で転がされて、充は息を詰めた。吸ったり舐めたり転がされたりして、息が荒くなっていく。こんな玄関の前で、一人だけ乱れていくのが恥ずかしい。

「大智…い。ここで最後までやる気かよ…？」

乳首を甘く噛まれて、必死に声が出るのを抑えた。一緒の布団で寝ていた時も、大智はこうしてよく充の乳首を弄ってきたものだ。前はそうでもなかったが、今はすごく感じる。しばらく弄られてなかったせいだろうか。久しぶりに大智の舌で嬲られると、下半身が熱くなっていく。

「ベッド行くよ、ん…ちょっと待って」

大智は名残惜しそうに充の乳首から口を離し、呼吸を整えた。

大智に腕を引かれ、グランドピアノの置かれたリビングを通り、奥の寝室へと連れ込まれた。カーテンが閉まっていたせいか部屋は暗く、少し肌寒さを覚えた。大智は手早く暖房をつけると、充の身体をベッドに押し倒してくる。

「えー、シャワーとか浴びねーの…？　俺こんなことするなんて思ってなかったから、ちょっと派手なパンツ穿いてんだけど…」

覆い被さってきた大智に軽く抵抗すると、有無を言わさずベルトを外された。大智はもうすっかり興奮していて、停止がきく状態ではない。けれど出てきた下着がビビットピンクのヒョウ柄という派手なボクサーパンツだったせいか、一瞬だけ動きが止まった。

「……お前の服の趣味は一貫して好きになれない」

ジーンズを無理やり足から抜き、大智が呟く。大智は床にジーンズを放り投げると、一気に充の足から下着も抜きとった。すでに見られたことはあるとはいえ、一人だけ裸にされていくのが妙に恥ずかしい。

「やーちょ、ちょっと、あのぉ」

シャツも脱がされ、一糸まとわぬ姿でベッドに転がされた。暖房がきいてきて寒さは感じないが、大智はジャケットも脱いでいないのだ。抗議しようとしたが、大智が下腹部に顔を寄せて、充の性器を口に含んできたので変な声が上がった。

「ひゃ、わー、大智…っ」

両足を広げられ、大智が下腹部に顔を埋める。深く奥まで銜えられ、先ほど乳首を弄られていたのもあってすぐに勃起してしまった。

「あ、ん、わぁ…」

まるで逃げられるのを阻止するみたいに、最初から激しく口で扱かれる。シャワーも浴びてないのによく舐められるなと他人事のように感心しつつ、充は乱れた呼吸を厭って身をよじった。

「大智ぃ…、もう、お前ってこういう時何で寡黙になんの…。ちょっとマジ怖いんですけど」

下腹部の熱が上がってきて、充は身悶えながら抗議した。大智は性器を銜えたまままちらりとこちらを見て、ずるーっと口から抜きだした。

「お前はべらべらしゃべりすぎなんだよ…」

手で扱きつつ大智が反論してくる。

「そ、んなことねーし、…って、…っ、んんんー…っ」

上下に動いていた手が、先端の穴を軽く擦ってくる。大智は性器を支えたまま、裏筋に舌を這わせる。口淫する音が室内に響き、充もだんだん余裕がなくなってきた。離れでもこうして互いにフェラはしていた。大智は充の弱いところをよく知っているから、あっという間に先端が濡れてくる。

「ん、ん…っ、はぁ…っ、あ…っ、こ、告白もしてくんねーし…」

充が不満げに漏らすと、大智が充の性器から口を離してこちらを見た。大智は濡れた口元を拭って、一瞬だけ照れたように目を伏せた。そして二、三度咳払いする。

「お前が好きだよ…ずっと前から」

常にない上擦った声で告白され、充は妙に恥ずかしくなって頬を上気させた。大智が目線を合わせてくると、今度はこちらが照れて顔を背けてしまう。

「ふ、ふーん…。……やべぇ、すげー嬉しい」

充は両手で顔を隠し、にやけそうになるのを必死に堪えた。真面目な顔で告白され、自分も同じ気持ちだと自覚した。

「すごい照れるな…こういうの」

赤くなった顔で大智がぎゅーっと抱きしめてくる。充が大人しくなると、大智は身を起こし、ジャケットを脱ぎ捨てた。それからやおらベッドの下の収納に手を伸ばすと、ごそごそと何かをとり出してくる。

「何…？」

充が横たわったまま聞くと、大智がビンを手にしていた。手のひらに中の液体を落とすので嫌な予感はしていたのだが、片方の足を持ち上げられてそれは的中した。

「ひゃ…っ」

尻のはざまにローションが垂らされ、充は冷たさに腰を跳ね上げた。大智は無言で液体を尻のはざまに塗りたくってくる。

「わぁ、何してんの…っ、俺いいなんて一言も言ってませんけど…っ、ひゃあぁ」

尻のすぼみを弄っていた指がローションのぬめりをともなって、内部に入ってくる。

「ごめん、やらせて。入れないと終わらない」

真面目な顔で大智が告げ、指を出し入れしてくる。

「お、終わらないって…やだコワイ。この人コワイ」

少し怖くなってじたばたすると、指で感じる場所をぐりっと擦られた。充は息を呑んで身を丸めた。大智は構わずに入れた中指で内部の感度がいい場所を刺激してくる。

「だ、大智ぃ…、…っ、…っ、あ、明日本番…なんだぞ…っ」

性急な動きで中に入れた指を動かされ、充はびくびくと身悶えた。気持ちよさと圧迫感と苦しさが入り乱れる。大智は充が感じている声を出すと、入り口を広げるように動かしてきて、充が苦しげな声になると、奥の前立腺を擦ってくる。

「なるべく傷つけないようにする…」

大智は息を荒らげながら、充の尻を弄っている。いつの間にか指が二本に増え、ローションも足されて、大智が指を動かすたびにぐちゃぐちゃと音を立てる。

「…ぁ…っ、ん…っ、ふう…っ、はぁ…っ」

大智が熱心に尻を弄るので、しだいに苦しさより気持ちよさのほうが勝ってきた。大智は内壁のあちこちを探り、充の息遣いが切羽詰まるとそこを重点的に責めてくる。最初は暴れていた充も徐々にベッドにぐったりとして、息を乱すだけになった。

「はぁ…っ、はぁ…っ、はー…っ」

裸で寝転んでいても気にならないくらい、体温が上がっている。大智は内部に入れた指を揺らすようにして、充の呼吸を荒らげる。はっきりとした快感を覚え、充はびくびくと腰を震わせた。

「気持ちいい…？　すごく濡れてる」

大智が中に入れた指を律動させながら、充の前を軽く握る。

「あ…っ、や、ぁ…っ」

前と後ろの両方を弄られ、女の子みたいな声が自然と漏れた。甲高い声が無性に恥ずかしくて充は枕を抱えて顔を埋めた。

「ううう…、大智にケツマンコにされた…」

わざと汚い言葉で充が喘ぐと、大智がかすかに赤くなってたじろぐ。

「そういうの言ってほしいのか…？　正直苦手なんだが…」

「俺も苦手…」

「じゃあなんで言うんだ？」

不可解な顔で大智が太ももを撫でる。照れ隠しだとは言えず、充は熱っぽい息を枕に吹きかけた。さすがに長々と中を弄られ続け、息遣いも乱れて、しゃべっていると変な声になりそうだった。

「痛くないよな…？」

充の顔を覗き込み、大智が囁く。充が紅潮した頬で頷くと、大智が指を増やしてさらに中を刺激する。一人だけはぁはぁと喘いでいるのが嫌でそっと大智を窺うと、すでに大智のスボンの前も大きくなっている。充の尻をほぐしながら興奮しているのかと思うと、脳が痺れて声が我慢できなくなってきた。

「ん…っ、ん…っ、は、ぁ…っ、はー…っ」

入れた指をぐるりと中で動かされ、腰がひくりとする。爪先はずっとシーツを掻いているし、充が感じているのは大智も分かっているはずだ。

「大智ぃ…、なんか…やばい、…ぁ…っ」

反り返った性器がしとどに濡れている。乳首はつんと上を向いているし、身体中びくびくしている。尻を弄られて絶頂に達するのだけは嫌で、充は潤んだ目を大智に向けた。

「も…お尻、いいから…、ぁ…っ、ん…っ」

枕を抱きしめて身悶えると、大智が興奮した目で充を見つめる。

「イきそうなのか…?」

入れた指で奥をぐっと押され、充はびくんと身を震わせた。涙目で頷くと、大智がごくりと唾を飲み込み、ようやく指を抜いてくれた。

「はぁ…、俺もなんかやばいな…」

大智はズボンの前をくつろげると、服を脱ぐ手間も惜しみ、充の両足を抱え上げてきた。指が抜けて身体から力が抜けていたところへ、大智の熱が押し当てられる。初めてではないとはいえ、挿入は久しぶりだ。痛みを恐れて充が枕をぎゅっと抱きしめていると、ゆっくりとした動きで大智が腰を進めてきた。

「んん…っ、は…っ、ひ、ぁ…っ」

ずるずると熱い塊が内部に侵入してくる。ローションのおかげか、初めての時より痛みは格段に減っていた。圧迫感はあるものの、大智の大きなモノが入ってきても、引き裂かれるような痛みはない。それどころか熱くて硬いモノが奥を擦ってきて、身体が発汗した。

「あ…っ、あ…っ、ひ、ああ…っ」

大智は充の足を押さえつけ、半ばまで性器を埋め込むと、大きく息を吐いて動きを止めた。涙目の充は、大智が苦しげな顔で自分に覆い被さっているのにどきりとした。とたんにどくんと中にいる熱が息づいて、充の息を乱す。

「はぁ…っ、はぁ…っ、あ…っ」

たかが大智の性器が入ってきただけなのに、充は汗びっしょりになって荒い息を吐いていた。苦しいのは苦しいのだが、それだけではない電流のような痺れも感じていた。大智の熱を感じるたびに、中が蕩けるような甘さに変わっていく。

「や…ばい、変…」

充は胸を上下させて呼吸を繰り返し、乾いた唇を舐めた。覆い被さってくる大智に助けを求めるような目を向ける。唇を何度も舐めていると大智が何かを堪えるような顔で屈み込み、充の唇を濡らしてきた。

「ん…っ、ん…っ、はぁ…っ、あ…っ」

キスの最中に大智が軽く腰を揺らしてきて、充は甲高い声を上げた。

「あ…っ、あ…っ、やぁ…っ」

大智が腰を律動すると充の声もかすれて甘くなっていく。充の声を聞き、感じていると分かったのか、大智の動きが少しずつ大きくなった。

「あっ、う…っ、ひぁ…っ」

両足を押さえつけられ、奥を穿たれる。最初は充の身体から力が抜けなくて大智の動きも慎重だったが、徐々に馴染んできたのか深い場所まで入ってきた。

「痛くない…?」

穿つたびに大智の性器が奥深くへ入ってきて、今はもう根元近くまでずっぽりと入れられている。カリの部分で奥の気持ちいいところを擦られ、充ははぁはぁと喘ぎながら頷いた。

「大智…ぃ、前…擦って」

奥を突き上げられているうちに我慢できなくなって、充は耳をふさぎたくなるような甘ったるい声でねだった。大智はすぐに充の性器を軽く握ってくれたが、性器は扱かずに、奥をぐちゃぐちゃと突き上げてきた。

「あ…っ、あ…っ、やぁ…っ、あぁ…っ」

絶頂が近いのが分かり、すぐにでも射精したいのに、大智は前を握ったまま動かしてくれない。握られているだけでも気持ちよかったが、射精したくてたまらなくなり、充は腰をびくつかせた。

「大智…っ、もうや…っ、イかせて…っ」

はぁはぁと息を荒らげながら懇願すると、根元まで入れて奥をぐりぐりとしてきた。それがひどく気持ちよくて、充は大きく四肢を震わせ、気づいたら大智の手の中に精液を吐きだしていた。

「あぁぁ…っ‼」

射精しながら無意識のうちに銜え込んだ大智の性器をきゅーっと締めつけていた。明らかに予想外の動きだったのか、大智が驚いた顔で息を呑み、「うっ‼」と呻いた。次の瞬間には内部でじわっと熱いものが広がり、充はまたびくりとした。

「ひ…っ、ん…ぅ…、ぁ…、はぁ…っ」

充の息遣いも激しかったが、それ以上に大智も忙しない息を吐きだしている。大智の握って

いた手からどろどろと白濁した液体が腹にこぼれてくる。充はぶるっと身を震わせ、真っ赤になって大智を睨みつけた。

「お…まえ、今、中で出さなかった…？　つかお前生でやってんじゃねーか…」

充が身じろぐと、繋がった部分が濡れた感触がする。

「ごめん…、後で綺麗にする…から」

肩を揺らして息を荒らげ、大智が目元を赤くして呟く。腰を引いたので抜いてくれるかと思ったのに、大智は再び奥に性器を押し込んでくる。

「え…っ、ひゃ…っ、はぁ…っ、はぁ…っ」

まだ充の息が整ってないのに、大智は再び腰を揺さぶってくる。腹からシーツへとこぼれる精液が、独特の匂いを漂わせる。充はまだ絶頂の余韻に震えていて、大智の続けざまの攻撃に息も絶え絶えになった。

「大智…っ、も、ちょっと…っ、抜かずの二発とか信じられな…っ」

充が腰を抜こうとしても、大智に押さえつけられ、強引に奥を穿たれた。大智は先ほどのでは納得いかなかったのか、充の静止の声も聞かず律動する。一度中で射精したせいか、大智が腰を突き上げてくるとじゅぷじゅぷと卑猥な音が響いた。

「ひ…っ、ン、あぁ…っ、あ…っ」

延々と奥を突かれ続けたせいで、苦しさがすっかり消えて、蕩けるような甘さに襲われた。大智が突き上げるたびにこれまでに得たことのない快感に翻弄される。声を我慢することはもはや不可能で、ひっきりなしに甲高い声があふれる。

「やぁ…っ、あ…っ、あー…っ」

繋がった部分が火傷しそうに熱い。一度達したはずなのに、また射精しそうなほど性器が硬く反り返っている。身体がおかしくなっている。大智が動きを止め、乳首を引っ張ると、それは余計はっきりと感じられた。

「ひぁ…っ、あ、ぁ…っ、気持ちい…、ぁ、う…っ」

両方の指で乳首を弾かれ、摘み上げられ、腰がびくつくほど甘くなる。大智の手が身体を這うのが心地いい。大きな手が乳首や脇腹を撫でるとひくんとするし、腰をトントンと揺すられると信じられないほど嬌声が漏れる。

「大智、またイっちゃ…う、あっ、あっ、あっ」

内壁を熱い塊で突き上げられ、充は忘我の状態で喘ぎ声を放った。身体はずっとひくついている。男の性器を尻に入れられることがこんなにいいとは思わなかった。女性としたセックスでこれほど快楽を得た経験などない。大智が奥を穿つたびに、脳が痺れてだらしない声が次々とこぼれる。

「お前の中すごくとろとろになってる…、充…、俺もなんかやばい…っ」

息を詰めながら大智が呻くように言う。下半身にまったく力が入らない。大智の性器で奥を擦られ、動物じみた声が飛び出る。

「や…っ、あ…っ、ひ、ぁあ…っ」

大智の腰の動きが切羽詰まったものに変わっていった。容赦なくガンガン突かれ、充の声もあられもないものになっていく。大智は腰を激しく揺さぶりながら充を抱きしめてきた。充は泣き声に似た嬌声を上げ、大智をきつく抱き返した。もう壊れる、と思うほど大智に奥を穿たれた頃、急に大智の身体が強張り、大きく呻いてきた。

「う…っ、はぁ…っ、はぁ…っ」

中で大智が射精したのが分かり、それを感じたとたん充も背筋を反らして絶頂に達した。

「ああ…っ、はぁ…っ、はー…っ、はー…っ」

自分の中にこんなに被虐的な心が眠っているなんて知らなかった。大智に中で出されたと知り、強い快楽を覚えて射精したのだ。充は汗ばんだ身体を大智にくっつけ、獣みたいに呼吸を繰り返した。中にいる大智のモノがどくどくと脈打っている。

「充…、好きだよ…」

はぁはぁと身体を震わせながら大智が充の唇にキスを落としてくる。大智は何故か感動して目を潤ませていて、それが少し幼く見えて可愛かった。

「ん…、もう…。二度も中出ししたんだから責任とれよな…」

キスの合間に必死に息を整え、充は甘えるように大智の腰に手を回した。嬉しそうに微笑んで大智がぎゅーっと抱きしめてきた。

翌日の本番は、充も大智も特別な思いで臨んだ。

あれから長い月日が経ち、アルト公会堂はすっかりガタがきている。あんなに綺麗だった木材は年月と共に古びて、屋根の色や外壁も色褪せている。それでも長く愛されてきたホールには惜しむ客が押しかけた。充と大智はまるで二回同じ本番を繰り返すような気分で、舞台に立った。

前日の情事が激しかったのでしゃんと立てるか心配だったが、さすがに本番になるとすっかり体の不調を忘れて集中することができた。

大智とは昨夜まどろみながらいろいろな話をした。舞は久蔵の息子の貞道と結婚したのだろう。年はかなり離れているが、あの二人なら円満な家庭を築けたに違いない。由紀彦や菊はどうしたのか知りたい気持ちもあるが、またあの謎の人物がやってきて記憶を操作されるのは困る。

不思議な体験をしたが、今となってはこうなる運命だったのかもしれないという気もした。大智は充が求めるような深い愛情で包んでくれる。もうきっと手放せないだろう。

大智と楽器を交代しての演奏は、充たちのファンをひどく喜ばせた。終わって二人で挨拶すると、大きな拍手喝采を浴びた。何度経験してもこの瞬間の感動は失われない。客の拍手と喜ぶ顔を見たくて演奏しているのかもしれない。

仕事を終えると、舞台の袖でオーケストラと紀ノ川の演奏を聴いた。紀ノ川の完璧な演奏に客からはブラボーの声が上がる。充と大智も世界に名を馳せるだけの実力を目の当たりにして、すごいと息を呑んだ。

そして圧巻は紀ノ川の後に出てきた新城の演奏だった。

新城が舞台に一歩出ると、まだ何も弾いていないのに、まるで演奏を終えたような大きな拍手が起こった。事故で再起不能と言われていた時代を知っている客も多かったようだ。客席を見ると涙ぐむ人までいて、演奏を始める前からすでに空気が異質な物に変わっていた。タキシード姿の新城はすらりとした肢体で、高貴な印象を客に与える。新城は客席に向かって微笑むと、深く頭を下げた。新城は今日のために音楽財団からストラディバリウスを借りている。紀ノ川がガルネリなのでそれに負けない楽器をと、財団の知り合いから貸してもらったらしい。

新城が指揮者の大和と握手して位置につく。

曲はチャイコフスキーのバイオリン協奏曲——オーケストラの音が始まり、大智と一緒に固唾をのんで新城を見守った。やがて新城がバイオリンを構え、動きだした。とたんに、充はびくりとした。

大きな興奮が、身体を駆け抜ける。

狂気的とまで言えるほど、深く脳を刺激する旋律がホール内に響き渡った。新城の腕は完全に回復している。いやそれどころか、若い頃の腕を凌駕《りょうが》している。ＣＤで聴いた時も感銘を受けたが、生で聴くとそれ以上の激しいショックを受けた。それはホールにいた客も同じだったかもしれない。客席のすべての耳が新城のバイオリンの音を追い、心を震わせている。

魂が震えている。鳥肌は立ちっぱなしで、ひたすら新城を見つめていた。

新城の超絶技巧を会得したくて、瞬きするのすらもったいない。オーケストラの音が耳から消え、新城のバイオリンの音色だけが脳を駆け巡る。低音から高音まで、高価な楽器のせいだけではない何か独特な音が客を魅了する。

目を閉じ、新城は自分の世界に没頭するように弓を動かせる。終盤の狂気的な音がこちらの気分をざわつかせる。第一楽章、第二楽章、第三楽章と、指揮者はいるが、この曲のリズムを決めているのは新城だった。大和は新城の動きを見て指揮を振っている。

見る者を圧倒させる技巧を披露し、新城は熱狂的なフィナーレへと上り詰める。新城が動くだけで観客が息を詰めて見守る。終わるのがひたすら惜しかった。こんなに脳を痺れさせる音を終わらせてほしくなかった。

最後の一音まで充は震えっぱなしだった。この人は天才だ。他人のバイオリンを聞いてこれほどの衝撃を受けるのは、初めてかもしれない。

やがて新城が弓を振り払うようなしぐさで曲は終わりを告げた。

とたんに割れんばかりの拍手がホールにどよめいた。ブラボーと口々に叫ぶ声。新城は先ほどまでの狂気的な音を出した者とは思えないほど爽やかな笑顔で客に頭を下げる。新城が大和と握手を交わす間、拍手だけではなく次々と客が立ち上がり、新城に惜しみない拍手を与えた。スタンディングオベーション。ほとんどの客が立ち上がり、新城を称えている。新城はオーケストラの面々にも頭を下げ、すっと舞台から立ち去ったが、拍手が鳴りやまず、再び出てきて頭を下げた。

「すごいな…」

隣で観ていた大智も呑まれたように新城の姿を見ている。

「ああ、マジすげぇわ…。完全復活だろ」

充も呆然とした声で呟いた。

アンコールは紀ノ川と新城が出てきて、バッハの二つのバイオリンのための協奏曲を弾いた。二人の異なる才能がぶつかり合い、曲は鬼気迫るものとなった。紀ノ川も新城のチャイコフスキーを聴き、かなり触発されている。

これは大智と一緒に弾いた曲だが、紀ノ川と新城の前には実力不足を認めざるを得なかった。どうしたらこんなふうに人を熱くさせる音が出せるのか——負けたくないと充は闘志を燃やした。仮にもプロを名乗る以上、この二人に負けない音を出したい。

第二楽章の緩やかな局面になると、二人の甘い音色が客をうっとりとさせた。新城は充に「紀ノ川とやってもああは上手くできない」などと謙遜していたが、とんでもない。二人の呼吸は怖いくらいにぴったりだった。親友と聞いているし、怪我で復帰を断念した新城を励まし続けたのは紀ノ川だという。きっと二人の間には、他人には入れない確かな絆があるのだろう。

バイオリンは独特な楽器だ。弾き手によってあらゆる感情を刺激してくる。十三歳の時、義父にピアノとバイオリンのどちらかに絞るようにと言われて、充は迷いなくバイオリンを選んだ。持ち運べるという理由もあったが、ピアノの音よりバイオリンの弦の音が充を強く揺さぶったのだ。

最高の音を聴くたびに、やはりバイオリンが好きだと実感する。あの高みまで上り詰めたい。いつか誰からも称えられるヴィルトゥオーソとして名を残したい。

曲は第三楽章の激しい緊張感のある曲調に流れていく。新城と紀ノ川が互いの持てる力を出し合い、最高の曲を作っていくのが分かる。客の興奮と弾き手の熱い思いがぶつかり合う。

そしてラスト——再びホールが揺れるほど大きな拍手と歓声が湧き起こる。客は満場総立ちで、二人の男を褒め称える。新城が頭を下げようとしたとたん、紀ノ川が激しく抱擁してきて、客席に温かい笑いを起こした。苦笑して紀ノ川の背中を叩く新城も、かすかに目を潤ませている。

充と大智は舞台の袖から二人の演奏家に大きな拍手を送っていた。拍手の途中で大智と一瞬目を見交わし合い、強く手を握り合った。大智も同じように熱くなっているのが分かった。自分たちはもっと高みに上らなければならない。バイオリンに魅せられた者の一人として。

鳴りやまない拍手の音が、いつまでも耳から離れなかった。

あとがき

こんにちは&はじめまして。夜光花です。

「火曜日の狂夢」をお読みいただきありがとうございます。この本は「水曜日の悪夢」「金曜日の凶夢」のスピンオフとなっております。それぞれ主人公は違うのですが、リンクしている部分がけっこうあるので一緒に読んでいただけると嬉しいです。

いやーそれにしても、もう一冊どうですか～とお誘いくださったガッシュさんには大感謝です。まさかこの世界観でまた書けるとは思いませんでした。タイムリープものという縛りがあるこの話、今回はどうしようかなと悩んでいたところ、そういえばお約束の古い時代にタイムスリップをしてなかったと。最初は主人公一人で過去にタイムスリップしようと思ったのですが、そうすると過去の人と恋愛関係になった場合オチが困るなぁと思い、どうせなら受け攻め一緒に時空を旅しようと二人でタイムスリップしてみました。ラストで別れる羽目になるのは困るし、かといって過去に生きる人を現代に呼び寄せるのはその後が不安ですしね。

昭和三十年代という舞台設定ですが、間違っている箇所もあるかもしれないので、あまり信じないでください。あと「俺たち平成生まれだし」という台詞が書きたかったので、ちょっと未来の話になってます。

今回は友達関係の二人がいちゃいちゃする話が書きたかったので、こうなりました。若干攻めがへたれというか落ち込みやすい性格です。受けがちゃらんぽらんなので、口喧嘩は絶えないだろうけどけっこう仲良くやっていけるのではないかなと思います。

スピンオフのおかげで新城が復活できたところまで書けたのはすごく嬉しかったですね。架空の人物とはいえ事故に遭って夢を諦めた人だったので、やっぱりここまで書けたのは三冊書けたおかげです。

このシリーズにいつも素晴らしい挿絵をつけてくださる稲荷家房之介先生、今回もお忙しいのに素敵なイラストをありがとうございます。

大智がイメージそのままで！　すごいニヤニヤしてしまいました。充もちゃらくて可愛いです。表紙はあいかわらずの上手さで、口絵が生々しくて最高です。稲荷家先生の描くエロは本当にぐっときますね。頭で想像するより百倍すごいのがくるので、毎回楽しみでなりません。見習わなければ…。本文の絵もまるでマンガで読んでいるような臨場感あふれる絵で、大満足です。個人的におまけ絵が笑ってしまいました。かくかくしてる…っ。

今回担当さんの事情により二人の担当さんにお世話になりました。お二方ともどうもありがとうございます。

読んで下さった皆様方にもありがとうございます。よかったら感想などお聞かせください。またがんばりますね。ではでは、次の本で会えるのを祈って！

夜光花

失敗つづきの
細野さんは
そろそろ クビに
なるんじゃないかと
心配です。
火 燃えるゴミ
木 粗大ゴミ
金 資源ゴミ
自治会よりの
処分品
カク
カクカク
にー
にー

ガッシュ文庫

火曜日の狂夢
（書き下ろし）

夜光花先生・稲荷家房之介先生へのご感想・ファンレターは
〒102-8405 東京都千代田区一番町29-6
（株）海王社 ガッシュ文庫編集部気付でお送り下さい。

火曜日《かようび》の狂夢《きょうむ》
2012年7月10日初版第一刷発行

著　者　夜光花　［やこうはな］
発行人　角谷　治
発行所　株式会社 海王社
〒102-8405　東京都千代田区一番町29-6
TEL.03(3222)5119(編集部)
TEL.03(3222)3744(出版営業部)
www.kaiohsha.com
印　刷　図書印刷株式会社

ISBN978-4-7964-0315-3

KAIOHSHA G 夜光花の本

水曜日の悪夢

イラスト／稲荷家房之介

高校の音楽講師で元バイオリニストの和成は教え子の真吾の類まれなる才能に惚れこんでしまう。ある日、和成は父親からの虐待に苛立つ真吾を預かることになった。突然無口な真吾に激しく求められて、和成は戸惑う。しかし愛を知ることによって、真吾の才能を更に伸ばせるならと偽りの愛情を与えてしまい…。

金曜日の凶夢

イラスト／稲荷家房之介

有名バイオリン奏者・紀ノ川滋の行動を監視することが良麻に科せられた使命。紀ノ川の想い人そっくりの顔になり音大に潜り込んだ良麻。紀ノ川に近づき、マネージャーの仕事も任されて、親しくなることに成功するが、良麻の心は揺れていた。別の誰かに心を奪われるくらいならいっそ身代わりでもいい、抱いてほしい――。

オガクズで愛が満ちる

イラスト／水名瀬雅良

親の遺した喫茶店のマスター・三沢玲人は、過去に関わった凄惨な事件以降、自分は対人関係が恋愛ができないと思っていた。しかし玲人は、何かと世話を焼いてくれる大学生のバイト・鳥羽秀一だけには心を許していた。ある晩玲人は、酔った鳥羽に抱かれてしまう。鳥羽の熱い気持ちにほだされて身体だけの関係が続くが…？